눈매 新무협 판타지 소설
FANTASTIC ORIENTAL HEROES

신필천하 5

눈매 新무협 판타지 소설

초판 1쇄 찍은 날 § 2011년 11월 25일
초판 1쇄 펴낸 날 § 2011년 12월 2일

지은이 § 눈매
펴낸이 § 서경석

편집부장 § 권태완
편집책임 § 주소영
편집 § 박우진

펴낸곳 § 도서출판 청어람
등록번호 § 제1081-1-89호
등록일자 § 1999. 5. 31
어람번호 § 제2-2181호

주소 § 경기도 부천시 원미구 심곡2동 163-2 서경B/D 3F (우) 420-822
전화 § 032-656-4452팩스 § 032-656-4453
http://www.chungeoram.com
E-mail § chungeoram@chungeoram.com

ISBN 978-89-251-2703-3 04810
ISBN 978-89-251-2600-5 (세트)

神筆天下
신필천하

FANTASTIC ORIENTAL HEROES

눈매 新무협 판타지 소설

5

정난의 변

도서출판 청어람

目次

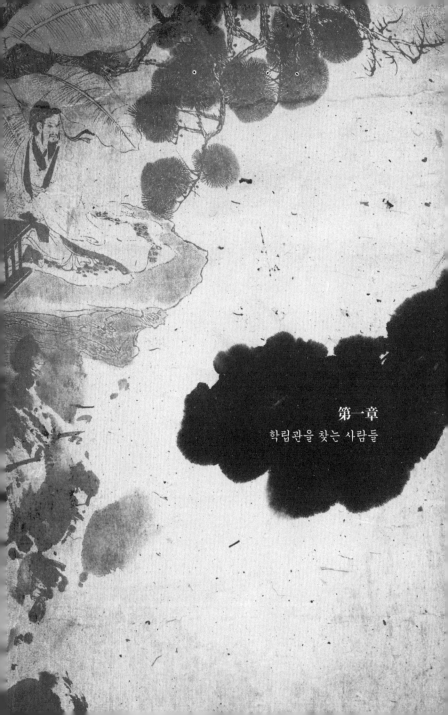

第一章
학림관을 찾는 사람들

　장도식은 어이가 없어 그저 입만 척 벌린 채 말을 잇지 못
했다. 여동추는 여전히 벌겋게 부어오른 뺨을 어루만지면서
씨근거렸다.

　그러거나 말거나 구 장로는 진양에게 다가가더니 포권을
취하며 한없이 비굴한 태도로 말했다.

　"양 공자님, 소인은 철혈문에서 온 구계악(丘桂岳)이라고
합니다. 양 공자께서 학립관의 새로운 주인이 되신 것을 진심
으로 축하드리는 바입니다. 후에 저희 철혈문에서 적절한 예
물을 보내 드리도록 하겠습니다."

상대가 이렇듯 허리를 굽히며 나오자 진양으로서는 당황스러울 뿐이었다.

그가 반례하며 답했다.

"구 장로께서는 어찌 스스로를 이처럼 낮추십니까? 예물 같은 것은 필요없습니다. 다만 우리 학림관은 앞으로 아이들을 어디에도 보내지 않을 것이므로……."

"그렇고말고요! 학림관에서 배출되는 인재들은 더욱 좋은 곳으로 가야 마땅함이지요. 혹시 앞서 제가 드린 말씀이 신경 쓰였다면 차라리 소인을 죽여주시지요!"

"무슨 말씀을 그렇게 하십니까? 서로 오해가 있었나 봅니다."

"양 공자께서 그리 이해해 주시니 소인은 그저 감사할 따름입니다."

구계악은 연신 굽실거리며 말했다.

장도식은 이제 황당함을 넘어서 슬슬 노기가 치밀어 오르기 시작했다. 더구나 자신의 제자인 여동추가 뺨까지 얻어맞은 상황이라 그는 앞뒤 따질 겨를도 없이 버럭 고함부터 내질렀다.

"구 장로! 도대체 이게 무슨 추태요? 나보고 저 새파란 애송이에게 사죄하라니!"

구계악이 장도식을 슬쩍 쳐다보더니 냉랭한 표정을 지으

며 말했다.

"추태라? 그럼 장 관주 마음대로 하시오! 하지만 앞으로 우리 철혈문은 더 이상 무적관을 돕지 않을 것이오!"

"뭐라? 흥! 구 장로는 지금 나를 협박하는 거요? 철혈문과 무적관의 동맹관계는 그쪽 문주와 내가 정한 것이오. 한데 구 장로가 뭔데 내게 이래라저래라 하는 것이오? 문주라도 되는 줄 아는 모양이군!"

그러자 구계악이 냉소를 지으며 응답했다.

"우리 문주께서도 내 생각과 크게 다르지 않을 것이오. 내 무적관과의 지난 정을 생각해서 더 이상 실랑이 벌이지 않고 물러가겠소. 나를 더 건드리지 마시오."

"뭐, 뭐 저런……!"

장도식이 부들부들 떠는 손가락으로 구계악을 가리켰다.

하지만 지금 이 자리에는 무적관의 무인이 거의 없었다. 오히려 구계악과 함께 온 철혈문의 무인이 대다수였다.

뱃속부터 울분이 치밀어 오르기는 하지만 당장 수를 쓸 방법이 없었다.

구계악이 진양을 향해 다시 허리를 굽히며 말했다.

"앞으로 우리 철혈문은 무적관과 아무런 상관이 없습니다. 양 공자께서는 이 점 헤아려 주시기 바랍니다."

"알겠습니다. 염려 마십시오."

"그럼 철혈문은 염치불고하고 이만 물러가도록 하겠습니다."

진양이 부드럽게 웃으며 답례했다.

"살펴 가십시오."

구계악은 돌아서서는 수하들을 모두 데리고 학림관을 빠져나가기 시작했다.

장도식과 여동추는 이 어이없는 실태를 그저 눈만 끔뻑이며 지켜볼 수밖에 없었다.

철혈문의 무인이 순식간에 썰물처럼 빠져나가자, 장도식과 여동추는 머쓱한 태도로 돌아섰다.

진양이 이 두 사람에게 살벌한 시선을 던지며 말했다.

"자, 계속 이야기를 해볼까요?"

진양이 말을 뱉자마자 어디선가 무인들이 바람처럼 달려나와 두 사람을 완전히 포위했다.

장도식과 여동추는 졸지에 아군을 잃어버리고 적에게 온통 둘러싸이자 혼비백산할 수밖에 없었다.

제아무리 뻔뻔한 장도식이라고 할지라도 차가운 칼날 앞에서 죽음을 감수할 정도로 배짱이 있진 못했다. 그가 어색한 웃음을 흘리며 말했다.

"하하하, 아무래도 오늘은 날이 썩 좋지 못한 것 같으니 다음에 이야기합시다, 양, 양 관주."

"아니오. 다음은 없습니다. 오늘 확답을 들어야겠습니다. 앞으로도 우리 학립관 아이들이 필요한 것입니까?"

진양이 빤히 바라보며 묻자 장도식은 등줄기에 식은땀이 흘렀다.

그가 아랫입술을 지그시 깨물더니 한참이 지나서야 겨우 대답했다.

"아니오. 앞으로 우리 무적관은 더 이상 학립관에게 어떠한 요구도 하지… 않겠소."

"잘 생각하셨습니다."

진양이 그제야 부드럽게 웃었다.

그가 주위를 에워싼 귀영대원들을 향해 일렀다.

"손님들께서 편히 가시도록 길을 열어주시오."

그러자 귀영대원들이 정문으로 나갈 수 있도록 길을 열어 주었다.

결국 장도식과 여동추는 이리저리 눈알만 굴리다가 걸음을 돌릴 수밖에 없었다. 어찌나 긴장을 하고 있었는지, 누군가 살짝 움직이기만 해도 화들짝 놀라면서 경계 태세를 보이곤 했다.

학립관 정문을 나선 두 사람은 뒤를 돌아볼 생각도 하지 않고 산을 내려가 버렸다.

한바탕 소란이 끝나자 진양은 비연리를 데리고 지묵당 후원으로 걸어갔다.

진양이 비연리를 보며 물었다.

"철혈문이 갑자기 돌아간 연유가 무엇이오?"

비연리가 부드럽게 웃으며 답했다.

"철혈문주는 천상련의 장례식에 참석했습니다. 그때 관주님의 이야기를 대략이나마 들었을 것입니다. 천상련이 우호적으로 대하는 관주님을 감히 철혈문에서 함부로 대할 수 없었을 것입니다."

"흐음. 정말 그게 전부요?"

"예, 관주님."

비연리가 고개를 끄덕이며 대답했다.

진양은 새삼 천상련의 권위에 감복할 수밖에 없었다. 단지 천상련에서 진양을 은인처럼 여긴다고 해서 철혈문이 저런 식으로 나올 줄은 꿈에도 몰랐던 것이다.

어쨌거나 진양으로서는 귀찮은 일을 손쉽게 해결할 수 있게 돼서 다행이라면 다행이었다.

하지만 천상련의 영향력이 이 작은 사건으로 끝나지 않을 것이라는 것은 진양으로서도 짐작하지 못했다. 그 일은 머지 않아 학립관에서 일어났다.

그날 후 진양은 다시 아이들을 가르치는 데 힘썼다.

진양의 가르침은 대부분 파자공에서 비롯됐는데, 그 때문인지 서예 공부를 하는 아이들은 시간이 흐를수록 점점 강인한 신체를 가지게 되고 무공을 익힐 때는 그 참뜻을 빠르게 깨우치곤 했다.

　특히 진운생(陣雲笙)이라는 열 살 된 아이가 있었는데, 그는 또래의 다른 아이들에 비해서 그 깨달음이 매우 빨라 진양의 기분을 흡족하게 해주었다.

　하루는 진운생이 글을 쓰다 말고 고개를 갸웃거리며 물었다.

　"사부님, 궁금한 것이 있어요."

　진양이 부드럽게 웃으며 말했다.

　"무엇이냐? 말해보아라."

　"사부님께서는 글을 적을 때 참뜻을 음미하면서 적으라고 하셨잖아요. 그리고 주변의 현상들을 섬세하게 살피는 것만으로도 글자의 참뜻을 깨우치는 데 많은 도움을 받는다고 하셨잖아요? 하지만 저는 어떻게 그러한 것들이 훌륭한 필체로 나타날 수 있는지 이해되지 않아요. 그리고 글씨를 적는 것만으로 어떻게 무공도 익힐 수 있어요?"

　진양은 기특한 마음에 빙그레 웃으며 답했다.

　"아직 너에게 어려운 일일지 모르겠지만, 참뜻을 알게 되면 글씨는 저절로 네 속에서 우러나오게 되어 있다. 또한 주변을 면밀히 살피고 대상 하나하나에 너의 감정을 이입시키는 것은 무엇보다 중요한 것이다."

"실제로 사부님 말고도 그렇게 하신 분이 있나요?"

"당대에 광초(狂草)의 대가인 장욱(張旭)의 서예는 기묘하고 복잡하며 운율이 분명히 느껴지는 것이 특징이다. 사실 그는 저명한 무용가였던 공손대낭(公孫大娘)의 검기무(劍器舞)를 보면서 그 신비로움에 빠져 예술적 혼이 마구 솟아났다고 한다. 이는 무용가의 분명한 운율과 우아한 동작에서 드러나는 기쁨, 비애, 분노, 기대 등 여러 가지 신운(神韻)과 감정일 것이다. 장욱의 글씨를 보면 이러한 것을 고스란히 느낄 수 있으니, 마치 검기무를 보지 않아도 본 것과 같은 마음을 느끼게 되는 것이다. 이러한 단계는 이미 글자의 의미를 완파한 자에게 드러나는 것이며, 필체만으로도 검기무를 가상으로 펼치는 것이라 할 수 있을 것이다."

말을 마친 진양은 대청 앞의 단상으로 걸어 올라가더니 탁자 위에 화선지를 크게 펼쳐 놓았다. 그리고 서진으로 고정시킨 다음 커다란 붓을 들어 먹물을 찍었다. 이어서 진양이 일필휘지로 글을 적어나가기 시작했다.

春水滿四澤　봄물은 연못에 가득하고

夏雲多奇峰　여름 구름은 산봉우리처럼 떠 있네.

秋月揚明輝　가을 달은 밝은 빛을 비추고

冬嶺秀孤松　겨울 산마루엔 큰 소나무 한 그루 서 있네.

광초로 글을 모두 적은 진양이 화선지를 들어 보였다.

대청에 모인 제자들이 저마다 '와아!' 하는 소리를 내며 입을 척 벌렸다.

아이들의 연못 같은 눈동자에는 곧 구름이 피어오르더니 이내 가을 달처럼 빛이 났다. 그리고 마지막 구절로 향하는 그들의 눈에는 산마루에 우뚝 선 소나무 한 그루가 고고한 자태로 내비치고 있었다.

진양이 말했다.

"이것은 도연명(陶淵明)이 쓴 춘하추동(春夏秋冬)이라는 시다. 이 시를 보면서 무엇을 느꼈느냐?"

그러자 진운생이 얼른 대답했다.

"봄 구절에서는 촉촉한 기운이, 여름 구절에서는 뜨거운 하늘이, 가을 구절에서는 선선한 달빛을, 겨울에는 추위와 함께 굳건한 의지를 느꼈습니다."

"그럼 하나 더 물어보마. 너는 언제 그것을 느꼈느냐?"

"글을 보자마자 느꼈어요. 마치 글씨를 읽는 것이 아니라 그림을 보는 것처럼요. 글자가 살아 움직이는 것처럼 느껴졌고, 시의 심상이 고스란히 마음에 들어왔어요. 먼저 느끼고 나중에 읽었어요."

"바로 그것이다. 필체에 글자의 혼을 담기 시작하면 읽는 이가 읽기도 전에 보는 것만으로 느낄 수가 있게 된다. 무공도 그와 같은 이치에서 익히는 것이다. 너희가 글을 적을 때 이미 그 무공의 참뜻과 심상을 공유하게 된다면 글씨를 적는 순간 너희도 모르게 무공의 오묘한 이치를 꿰뚫게 되고 글씨는 글씨대로 명필이 될 것이다."

진운생을 비롯한 아이들이 큰 깨달음을 얻은 듯 '아!' 하는 탄성을 흘리며 고개를 끄덕였다.

진양이 말을 보탰다.

"장욱이 검기무를 보고 필체를 완성했듯이, 거꾸로 필체를 보고 무공을 완성하는 것 또한 왜 없겠느냐? 너희는 오로지 참뜻을 익히는 데 열중하고, 모든 사물을 세세히 관찰할 것이며, 글을 적을 때는 혼을 담도록 해라."

"예, 사부님."

아이들이 이구동성으로 허리를 숙이며 대답했다.

만약 현존하는 무림의 대종사 중 누구라도 이 젊은 사부의 가르침을 엿듣기라도 했더라면 벌어진 입을 다물지 못했으리라.

그만큼 진양은 젊은 나이에 무학의 깊은 깨달음을 얻은 것이다.

그때 마침 대청 문이 벌컥 열리더니 한 사람이 불쑥 들어왔다.

"양 소협! 아니, 양 관주! 자네가 시킨 대로 다 했네!"

진양과 아이들이 고개를 돌려보니, 대청 문을 열고 들어온 사람은 다름 아닌 서요평이었다. 그는 큰 소리로 말을 했지만, 화가 난 것은 아닌 듯했다. 오히려 어쩐 일인지 기분이 좋아 보였다.

뒤늦게 그의 뒤를 따라온 서운지가 서요평의 소맷자락을 잡아당겼다.

"형님, 아이들이 글을 배우고 있지 않습니까? 방해하지 말고 우선 나중에 차근차근 이야기하도록 하지요."

그러자 서요평이 소맷자락을 뿌리치며 말했다.

"흥! 요 새파랗게 어린것들이 방해를 받으면 얼마나 받겠느냐? 앞으로 살아갈 날이 많으니 조금 방해를 받는다고 해도 달라질 것이 있겠느냐?"

서요평이 까칠하게 대꾸했다.

진양은 우선 이들을 밖으로 데리고 나가야겠다는 생각에 얼른 말했다.

"무슨 용무이신지 모르겠으나 우선 밖으로 나가서 대화하도록 하지요."

"밖으로 나갈 것까지 뭐 있나? 이왕 내가 여기까지 왔으니 그냥 여기서 이야기하세."

"아이들이 글을 쓰는 데 방해가 되지 않습니까?"

진양이 부드럽게 말하자 서요평이 다시 뭐라고 반박하려고 했다.

하지만 서운지가 얼른 나서서 서요평의 소맷자락을 다시 잡아당겼다.

"자자, 형님, 우리 나가서 대화합시다. 양 관주께서 나온다고 하지 않수?"

"쳇! 할 수 없지."

결국 서요평이 서운지를 따라 몸을 돌려 걸어갔다.

이를 본 아이들이 자기네들끼리 키득거리며 웃었다. 아이들은 사상이괴를 볼 때마다 신기하다는 생각이 들었던 것이다.

진양이 준엄한 목소리로 주의를 주었다.

"어허, 다들 집중하고 글을 쓰도록 해라. 다녀와서 검사할 테니 모두 게으름 부리면 안 된다."

"예, 사부님."

진양은 아이들의 믿음직한 목소리를 들으며 걸음을 돌렸다.

다만 그의 표정은 조금 어두웠다.

'이상하다. 지금쯤 사상이괴가 날 찾아왔다면 분명 내가

시킨 대로 서로에게 무공을 가르쳐 주었을 텐데. 지금 보면 서로의 성격에 전혀 변화가 없는 것 같군.'

사실 진양은 두 사람의 무공을 상당히 높이 평가했다.

다만 사상이괴의 성격이 워낙 특이하기에 아이들을 가르치기에는 적합하지 않다고 생각했다.

해서 두 사람에게 서로를 가르치도록 부탁했던 것이다. 그렇게만 되면 서요평은 긍정심공을 익혀 그 성격이 좀 더 부드러워질 것이고, 부정심공을 익힌 서운지는 성격이 좀 더 신중해질 것이라고 생각한 것이다.

그런데 오늘 하는 행동으로 보면 두 사람의 성격이 예전과 똑같지 않은가?

진양이 대청 후원으로 나가자, 먼저 기다리고 있던 서요평과 서운지가 다가왔다.

서요평이 말했다.

"자네가 시킨 대로 우리는 서로에게 무공을 가르쳐 주고 배웠다."

"정말입니까, 서운지 선배님?"

진양이 도무지 믿음이 가지 않아서 서운지를 돌아보며 물었다. 서운지는 여전히 안면 가득 미소를 지은 채 고개를 끄덕였다.

"그렇소. 우리는 양 관주 덕분에 많은 깨달음을 얻었소. 진심으로 감사드리는 바이오."

"흥! 감사하긴 뭐가 감사하다는 것이냐? 양가 녀석도 우리를 이용해 먹기 위해서 도와준 것이다! 괜히 남 좋은 일을 시키겠느냐?"

"거참, 형님은 너무 비관적이라니까."

"네가 너무 생각이 없는 것이야!"

두 사람은 다시 옥신각신하기 시작했다.

진양이 얼른 나서서 두 사람을 말리면서 말했다.

"자자, 두 분 다 진정하시고 제 이야기를 좀 들어주세요. 저는 두 분이 서로 무공을 가르치게 되면 틀림없이 심공에 영향을 받을 것이라 생각했습니다. 그래서 두 분 모두 성품에도 변화가 있을 것이라 짐작했지요. 한데 지금 보면 달라진 것이 없어 보이는군요."

그러자 서요평이 발끈해서 소리쳤다.

"지야! 그것 봐라! 이 녀석은 꿍꿍이가 있었다니까? 이 녀석, 이 어르신들의 성격을 개조시켜서 뭘 할 속셈이었단 말이냐?"

"다른 뜻은 없었습니다."

"흥! 내가 그 말을 믿을 줄 알아? 네가 우리에게 좋은 일을 시킬 이유가 없지!"

그러자 다시 서운지가 나섰다.

"형님, 우리 성격이 조금 이상해서 고쳐 준다면야 그도 좋은 일 아니겠수?"

"너는 너무 생각이 없어서 탈이라니까!"

"허허, 생각이 없어서 마음이 편하면 그도 나쁘지 않지요."

"제미랄! 뭔 말이 통해야지!"

서요평이 투덜거리는 것을 보자, 진양은 저도 모르게 웃음이 나왔다.

진양이 정중한 태도로 말문을 열었다.

"어쨌든 두 분이 서로 무공을 가르치고 배우셨다니 제가 한번 구경해 볼 수 있겠습니까? 한번 확인하고 싶군요."

그러자 서운지가 예의 그 사람 좋은 미소를 그려 보이며 말했다.

"양 관주 덕분에 우리의 무공은 그야말로 일취월장했소이다. 나의 무공은 양의 기운을 많이 품고 있었는데, 이제 음의 기운을 보강하게 됐소. 그리고 형님께서는 음의 기운이 강했으나, 이제는 양의 기운마저 겸할 수 있게 됐소. 진정으로 감사드리오."

"아, 글쎄! 그 녀석에게 감사할 필요 없다니까!"

서요평이 다시 소리치자, 서운지가 껄껄거리며 검을 뽑았다.

"자, 그러지 말고 형님, 우리가 익힌 무공을 한번 보여 드립시다."

"싫다!"

"음? 형님은 자신이 없수?"

"흥! 내가 왜 자신이 없느냐? 내 무공은 훨씬 강해졌으니 이제 천하에 내 적수가 몇 없을 것이다!"

"정말 그렇다면 한번 보여줍시다. 우리 위력을 양 관주께 자랑이라도 해야 할 일이 아니겠소?"

결국 서요평이 고개를 끄덕이고는 검을 뽑아 들었다.

"좋다! 그럼 내 검을 받을 자는 양 관주가 되겠군?"

그러더니 누가 뭐라고 할 사이도 없이 서요평이 곧장 검을 부리며 진양에게 쇄도해 들어갔다.

"하앗!"

팟!

그가 검광을 흘리며 빠르게 파고들어 오자, 진양은 깜짝 놀라 뒤로 훌쩍 물러갔다. 그리고 얼른 수호필을 꺼내 들고 왼쪽에서 오른쪽으로 후려쳤다.

까앙!

청명한 금속성이 울리면서 서요평의 몸이 뒤로 벌떡 젖혀졌다. 이 틈을 타서 진양이 재빨리 서요평의 품으로 파고들었다.

진양은 곧장 수호필을 내찔렀다.

한데 서요평이 몸을 빙글 돌리더니 오히려 진양에게 더욱 바짝 붙어오는 것이 아닌가? 이어서 그는 왼손을 불쑥 내밀어 수호필의 붓대를 잡고 바짝 끌어당겼다. 그 바람에 진양의 몸이 더욱 빠르게 서요평에게 이끌려 갔다. 뒤미처 서요평이 오른 손바닥을 활짝 펼치더니 장력을 뿜어왔다.

진양은 두 눈을 부릅뜨는 것과 동시에 얼른 자양진기를 끌어올려 왼손으로 장력을 마주쳐 갔다.

퍼엉!

큰 폭음이 울리면서 진양의 몸이 크게 흔들렸다. 그 충격으로 서요평은 어쩔 수 없이 수호필을 놓고 뒤로 훌쩍 물러갔다.

내공 싸움에 있어서는 그 누구에게도 뒤지지 않을 진양이었기에 서요평이 받은 충격은 제법 컸다.

하지만 진양 역시 내심 놀랄 수밖에 없었다.

며칠 전의 서요평이라면 절대로 이런 식의 공격은 해오지 않았을 것이다. 허초를 주로 구사하면서 은밀하게 상대의 허점을 노려오는 공격만을 즐기던 그다.

한데 지금은 눈에 보이지만 강맹하기 짝이 없는 장력을 발출한 것이다. 무공이 음의 성격에서 양의 성격을 띠기 시작한 것이다.

진양은 재차 바닥을 박차고 수호필을 곧게 찔러 나아갔다.

찰나, 서요평의 발이 바닥을 박차더니 진양을 향해 높이 뛰어올랐다. 그리고 검을 열십자로 휘두르며 마치 유성이 떨어져 내리듯 진양을 덮쳐 갔다.

진양이 곧바로 월야검법 중 군조비상을 펼치며 날아올랐다. 이는 새 떼가 무리를 지으며 하늘로 날아오르는 모습을 보고 지은 검초로, 위에서 떨어져 내리는 공격에 대응할 때 좋은 초식이다.

진양의 수호필이 어지럽게 춤을 추며 날아오르자, 서요평은 곧바로 검세를 바꿨다. 열십자로 교차하던 검날이 순간 뚝 멈추더니 무겁고 강하게 떨어져 내린 것이다.

까라라랑!

단 일 검이 무겁게 떨어졌지만 쇳소리는 여러 번 울렸고, 수호필과 검날 사이에서는 불티가 무수히 흩날렸다. 이는 진양이 검날을 여러 번 휘둘러야 하는 군조비상 초식을 펼쳤기 때문이다.

진양이 버틸 수 없음을 느끼고 얼른 뒤로 물러나자, 그대로 떨어져 내린 서요평의 검이 바닥에 '콰직!' 소리를 내며 박혔다. 그러고도 검기가 거두어지지 않아 그대로 땅을 타고 전진하면서 마치 논바닥이 갈라지듯 진양이 서 있는 곳까지 파고 들어 갔다.

진양이 수호필을 바닥에 꽂아 맞대응을 하자 비로소 검기는 와해됐다.

진양은 내심 감탄을 금치 못해 포권하며 소리쳤다.

"후배, 많은 것을 배웠습니다! 서요평 선배님의 무공이 훨씬 강맹해지셨군요!"

조금 전 서요평이 펼친 무공은 틀림없이 양의 기운이 강한 무공이었다. 일전에 언제나 음험한 공격만을 일삼던 서요평으로서는 놀라운 변화라고 볼 수 있었다.

서요평이 코웃음을 치며 대답했다.

"흥! 네놈은 졌다!"

"어째서 그런지요?"

"너는 운지를 전혀 의식하지 못했잖느냐?"

그제야 진양이 주변을 살피다가 서운지가 자신의 뒤에서 검을 겨누고 서 있다는 것을 깨달을 수 있었다. 진양은 뒤늦게 뒤통수를 때리는 무언가가 떠올라 입을 딱 벌렸다.

"하면… 설마 처음부터……!"

서운지가 부드럽게 미소 지으며 검을 거두었다.

"그렇소. 이해해 주시오, 양 관주."

그제야 진양이 고개를 절레절레 저으며 웃었다.

서운지는 진양이 서요평과 싸우기 시작할 때부터 단 한 순간도 진양의 등 뒤를 벗어난 적이 없었던 것이다. 그리고 진양의 등에서 두 장 이상 멀어진 적도 없었다.

본래 양의 성격만을 가진 그의 무공이 이처럼 음의 성격을 가질 줄 그 누가 알았으랴? 게다가 서운지는 독상을 입은 몸이라 운신이 용의치 않았을 것임에도 이만큼 은신술을 펼친 것이다.

진양이 고개를 숙이며 말했다.

"역시 후배가 졌습니다. 두 분을 상대하려면 저 또한 더욱 정진해야겠습니다."

"흥! 네깟 녀석이 정진한들 우리 사상이협을 이길 수 있겠느냐?"

진양은 그저 부드럽게 웃었다.

사실 서요평의 말대로 앞으로 자신이 사상이괴를 동시에 상대해서 이길 수 있을지 의문이 들었다. 예전의 사상이괴라면 어떻게 해서든 이길 수 있을 것만 같았다. 하지만 지금 이들은 예전과 전혀 다른 무공을 익힌 것이나 다름없었다.

서운지가 손사래를 치며 말했다.

"이게 다 양 관주 덕분이오. 우리는 누구도 서로에게 무공을 가르쳐 줄 필요성을 느끼지 못하고 있었소. 형님 성격이야 원래 그러니 말할 필요도 없고, 나 역시 내 무공에 항시 만족했을 뿐이라오. 하지만 양 관주가 우리에게 그렇게 요구하고 나서 익히게 된 것이 아니겠소?"

이야기를 듣던 진양은 문득 궁금한 것이 있어 고개를 갸웃거리고 물었다.

"제 생각에 두 분이 서로를 가르치게 되면 틀림없이 성품에도 변화가 있으리라 여겼습니다. 한데 그건 아닌 것 같군요. 이유를 여쭤봐도 될는지요?"

"허허허, 그건 우리가 어디까지나 심공의 요결을 가르친 적이 없기 때문일 것이오. 나는 형님께 무공의 이치만을 간단하게 설명해 주었고, 형님은 투덜거리면서 배웠소. 형님 역시 내게 초식 등의 이치만을 가르쳐 주었고, 나는 즐거운 마음으로 익혔을 뿐이오. 결국 우리는 자신이 가진 심공을 기반으로 삼아 다른 초식의 무공만 받아들인 셈이지요. 해서 우리는 지금 익힌 것들을 조화신공(調和神功)이라고 이름 지었다오."

진양이 고개를 끄덕였다.

"과연 그렇게 된 것이군요. 어쨌거나 두 분께서 큰 성취가 있었으니 좋은 일입니다. 축하드립니다."

"감사하오."

서운지가 껄껄 웃으며 답했다.

하지만 진양으로서는 내심 아쉬운 마음도 없지 않았다. 이들이 서로를 가르쳐 성품에 조화가 생긴다면 차후 아이들을 가르치기에도 좋을 것이라 여긴 것이다.

한데 이들의 성품에 변화가 없으니 이제 사상이괴에게 아이들을 가르쳐 달라고 부탁할 일은 물 건너간 셈이다.

그런데 그때 마침 학립관 정문 쪽에서 시끄러운 소리가 들려왔다.

서요평이 이맛살을 잔뜩 구기며 말했다.

"또 뭐지? 이놈의 학립관은 조용할 만하면 시끄러워지는구먼. 웬 놈이 또 와서 설치는 거야? 혹시 무적관인지 뭔지 하는 놈들이 또 온 거 아냐?"

진양이 고개를 저으며 답했다.

"그럴 리는 없을 텐데요. 우선 가봐야겠군요."

"흥! 만약 그놈들이라면 이번엔 내가 혼쭐을 내주지! 양 관주, 그 정도는 해도 되겠지?"

"알겠습니다. 만약 무적관에서 왔다면 선배님께서 나서서 해결해 주십시오."

진양이 웃으면서 대답했다.

하지만 속으로는 그럴 일이 없을 것이라고 확신했다.

무적관주인 장도식을 보나 그 제자인 여동추를 보나 다시 학립관을 찾아올 만큼 배짱이 있을 위인들은 아니었던 것이다.

단지겸은 몹시 난처한 표정을 지었다.

학립관 정문에 나타난 이들은 그야말로 막무가내였다. 게다가 이 다섯 사람은 모두 덩치가 황소만 하고 등짝에 커다란 도를 메고 있었는데, 성정마저 몹시 거칠어 보였다.

그들 중 한 명이 말했다.

"글쎄, 우리는 학립관주를 만나고 싶다니까!"

쩌렁쩌렁 울리는 목소리로 외친 자는 턱수염이 가시처럼 빳빳하게 돋아 있었고, 키가 보통 사람보다 머리 두 개는 더 커 보였다.

그 앞에서 단지겸이 쩔쩔매고 있으니, 마치 어른 앞에서 꾸중을 듣는 아이와 같았다.

단지겸이 말했다.

"좀 전에 말씀드리지 않았습니까? 이곳은 아이들을 가르치는 곳입니다. 여기서 이러시면 곤란합니다."

"거참, 우리가 방해라도 한다고 했소? 단지 관주께 말이나 해보면 될 것 아니오? 당신이 우리가 누군지 몰라서 그러나 본데, 우리는 복건에서 나름 알아주는 무인들이오. 혹시 무이오도(武夷五刀)라고 들어봤소? 내가 그중에서도 맏형인 일도귀(一刀鬼)요."

하지만 단지겸은 무이오도라는 자들을 한 번도 들어본 적이 없었다.

만약 그가 무인이었거나 복건 지방에서 살았더라면 틀림없이 이들을 바로 알아보았으리라.

사실 무이오도는 복건의 무이산(武夷山)에서 악명 높은 자들이었는데, 모두 칼날이 넓은 도를 쓴다고 해서 무이오도라는 별호로 불렸다.

특히 그들은 자신들에게 시비를 거는 상대가 있다면 결코 그냥 넘어가는 법이 없었는데, 다섯 명이 반드시 한 번씩 잔인한 상처를 입혀서 상대를 죽이기 때문에 무이오악(武夷五惡)이라는 별호도 가지고 있었다.

그들은 일도귀부터 오도귀(五刀鬼)까지 이름을 정해서 서로 의형제를 맺었는데, 실제 나이와 상관없이 무조건 무공 실력이 높고 낮음에 따라 서열을 정했다.

하나 평생 학립관에서 벗어난 적이 없는 단지겸이 이러한 사실을 어찌 알고 있으랴.

마침 무이오도 중에서 성질이 가장 급한 사도귀가 불쑥 한 걸음 내딛더니 말했다.

"대형, 이럴 것이 아니라 우리가 직접 찾아가 봅시다!"

이에 단지겸이 화들짝 놀라서 그를 막아섰다.

"지금 관주님께서는 아이들을 가르치시는 중입니다. 소동을 피우시면 곤란합니다."

그러자 오도귀가 콧방귀를 뀌며 소리쳤다.

"우리가 언제 소동을 피운다고 했소? 우리는 그저 직접 뵙고 이야기를 드리고 싶을 뿐이오! 만약 당장 비키지 않으면 힘을 써서라도 들어가야겠소!"

무이오도 중에서 가장 뚱뚱해 보이는 오도귀가 도를 꺼내 들고 휘두르자 '웅웅!' 하는 파공음이 울렸다.

단지겸은 해쓱한 얼굴이 되어서 뒤로 주춤주춤 물러났다.

쒜에엑!

그때 어디선가 바람 가르는 소리가 울리더니 반짝이는 은 륜이 날아와 오도귀의 도날을 '땅!' 하고 튕겨냈다. 그 힘이 어찌나 센지 뚝심이 누구보다도 대단해 보이는 오도귀조차 균형을 잃고 옆으로 서너 걸음이나 뒤뚱거리며 물러났다.

느닷없는 기습에 일도귀가 대로해서 소리쳤다.

"누구냐?"

그가 바라본 곳은 학립관 정문 바깥쪽이었다.

정문 밖, 나무로 우거진 숲길에서 거뭇한 그림자가 천천히 걸어나왔다. 그는 평범한 체구를 가진 사십대쯤으로 보이는 중년인이었는데, 머리에는 학사모를 썼고 손에는 한 자루의 쥘부채를 쥐고 있었다.

특히 눈썹이 짙고 단정한 콧수염 아래로 한일자로 굳게 다 문 입술은 매우 강직한 인상을 풍기고 있었다.

단지겸은 갑자기 또 낯선 손님이 찾아오자 내심 당황하면 서도 얼른 말을 건넸다.

"이곳은 학립관입니다. 무슨 용무로 찾아오신 분인지요?"

한데 중년인이 대꾸도 하기 전에 일도귀가 성큼 나서더니 큰 소리로 말했다.

"당신이 기습으로 내 아우의 도를 쳐냈는가?"

중년인은 그를 힐끔 보더니 냉소를 지었다.

"흥! 무이오악은 무식해서 용감하다고 하더니 딱 그 말이 맞군! 고작 그딴 실력으로 학림관을 찾아와 무례를 저지르다니!"

"뭣이? 네놈이 우리가 무이오도라는 것을 알고도 지껄이는 것이냐?"

"약한 놈들 다섯이 모여서 뭉쳐 봐야 그 나물에 그 밥이지!"

시종일관 냉랭한 말투에 일도귀는 화가 머리끝까지 치솟았다.

하지만 무이오도 중에서 가장 나이가 많으면서도 신중한 성격의 삼도귀가 얼른 나서서 물었다.

"귀하께서는 누구시오?"

"나, 전학수(田學秀)요."

중년인은 삼도귀의 정중한 태도 때문인지 다소 누그러진 말투로 대꾸했다.

삼도귀는 눈썹을 슬쩍 찌푸리더니 곧 당혹감을 감추지 못하고 중얼거렸다.

"하면… 설마 당신이 바로 그 접선선생(摺扇先生)……?"

"그렇소."

그러자 무이오도 모두가 당황한 표정이 역력했다.

접선선생이라는 별호를 가진 전학수는 쥘부채를 들고 다니는 것이 특징이었는데, 그의 무서움은 사실 쥘부채 속에 숨겨진 은자처럼 작은 은륜에 있었다.

그가 부채를 펼치는 순간 숨겨져 있던 은륜이 암기처럼 발사되는데, 이 출초는 워낙 빠르고 민첩해서 보통 사람이면 암기를 막아내기가 여간 힘든 것이 아니었다. 더구나 어떤 방식으로 은륜을 다루는 것인지, 한 번 발사된 은륜이 무엇과도 부딪치지 않을 때는 다시 부채 안으로 돌아가곤 했다.

그의 공격이 지극히 음험하여 정파에서는 물론 사파의 무인들조차도 그와 마주치기를 꺼렸다.

특히 무이오도로서는 전학수처럼 암기를 주특기로 삼는 자들을 상대하기가 가장 까다로웠다. 검이나 도를 무기로 쓰는 자들보다 상대적으로 머릿수를 내세워 제압하기가 어렵기 때문이다.

어쨌거나 이미 불씨는 당겨진 후였기에 무이오도와 접선선생 사이에서는 묘한 긴장감이 팽팽하게 흐르고 있었다.

단지겸만이 그 가운데에서 어쩔 줄을 모르고 있었다.

성질 급한 사도귀가 고함을 내질렀다.

"감히 우리보고 무식하다니! 접선선생이 이곳에 뼈를 묻으려고 왔나 보군! 우리는 시비를 걸어온 자를 결코 곱게 보내지 않는다!"

"흥! 어디 해보시지!"

전학수가 여전히 콧방귀를 뀌며 무이오도를 멸시했다.

참지 못한 일도귀가 소리쳤다.

"오도진(五刀陣)을 펼쳐라!"

"예, 대형!"

무이오도가 이구동성으로 대답하며 일사불란하게 흩어졌다. 그들은 전학수를 가운데에 두고 다섯 방위로 흩어져 자리를 잡고 섰다.

전학수가 눈을 가늘게 뜨고 무이오도를 둘러보았다.

이제 단지겸은 안절부절못한 채 그들의 행동을 지켜보기만 할 뿐이었다.

그때 누군가가 그의 어깨를 덥석 짚었다.

단지겸이 깜짝 놀라서 돌아보니, 어느새 진양이 곁에 와 서 있었다. 그 옆에는 서요평과 서운지가 흥미로운 눈길로 무이오도와 전학수의 싸움을 지켜보고 있었다.

반면 무이오도와 전학수는 진양이 누군지 알아보지 못했기에 그저 서로의 싸움에만 온 신경을 집중하고 있었다.

선공을 취한 것은 사도귀였다.

팟!

그가 갑자기 바닥을 박차는가 싶더니 전학수를 향해 쏜살같이 날아갔다. 산처럼 거대한 덩치와는 어울리지 않게 매우 빠르고 신속한 몸놀림이었다.

그와 동시에 대각선 방향에 서 있던 이도귀가 도를 휘두르며 쇄도했다. 그 순간 전학수는 몸을 굽혀 사도귀의 칼을 피하고, 뒤미처 날아오는 이도귀의 칼을 쥘부채로 팅겨냈다.

하지만 뚝심에서는 무이오도의 힘을 이겨낼 수가 없었다. 전학수가 뒤로 서너 걸음 팅겨 나가자, 이번에는 오도귀가 쏜살처럼 날아와 그를 덮쳐 갔다.

전학수가 날렵하게 몸을 던져 공중으로 뛰어오르니, 이제는 삼도귀가 그를 향해 몸을 날렸다. 삼도귀의 칼이 그를 후려치려는 순간, 전학수는 재빨리 부채를 펼쳐 들었다.

촤락!

'어림없지!'

암기가 날아올 것을 예상한 삼도귀는 얼른 몸을 피하며 바닥으로 내려섰다.

하지만 전학수의 이번 행동은 허초에 불과했다. 결국 삼도귀는 공격의 기회를 놓친 채 물러날 수밖에 없었다. 마지막으로 일도귀가 전학수를 향해 쇄도해 들어갔다.

"끝이다!"

전학수는 재빨리 물러나면서 쥘부채를 또 활짝 펼쳐 들었다. 이번만큼은 틀림없이 은륜이 날아들 것이라고 예상한 일도귀가 반사적으로 칼을 후리며 몸을 피했다.

하지만 이 역시 허초였다.

이렇게 해서 무이오도는 서로가 있던 위치에서 대각선에 서 있는 자들과 한 번씩 자리를 모두 바꾸게 되었다. 이렇듯 서로가 하나의 생물처럼 유기적으로 움직이는 것이 바로 오도진이었다.

이쯤 되자 전학수는 오도진이 어떤 원리로 움직이는지 대략 눈치챌 수 있었다.

이대로 계속 싸움을 이어가면 몇 번의 위기는 넘길 수 있겠지만, 결국에는 혼자 싸우는 자신이 수세에 몰릴 것이 분명했다.

전학수는 더 이상 생각할 것도 없이 선공을 취했다.

그가 몸을 팽이처럼 빙글 돌리면서 쥘부채를 활짝 펼쳐 들었다.

촤라락!

앞서 연달아 허초에 속았던 무이오도는 어느 정도 방심을 하고 있었는데, 이번에야말로 은륜 다섯 개가 '씨잉!' 소리를 내며 날아드니 모두 혼비백산하면서 칼을 휘둘렀다.

까앙! 까랑! 깡!

다섯 개의 은륜이 모두 튕겨 나가며 청량한 소리를 울렸다.

한데 이번에는 튕겨 나간 다섯 개의 은륜이 무이오도의 다른 형제들에게 날아드는 것이 아닌가?

"흩어져라!"

일도귀가 얼른 소리치자, 무이오도가 일제히 진을 무너뜨리며 산개했다.

진이 깨지자 목표 대상을 잃은 은륜 중 두 개는 정문 바깥으로 사라졌고, 나머지 두 개는 건물 기둥에 박혔다. 그리고 남은 하나는 마침 서요평이 서 있는 곳으로 날아갔다.

"선배님!"

진양이 깜짝 놀라 소리치는데, 서요평이 순간 손을 불쑥 뻗어내더니 은륜을 엄지와 검지로 낚아채며 제자리에서 빙그르르 돌았다. 그의 민첩한 움직임과 현란한 기술에 주위에 있던 사람들이 갈채를 보냈다.

그때까지 싸움에 정신을 팔고 있던 무이오도와 전학수도 그제야 서요평을 다시 보게 됐다.

그들 모두 서요평이 이처럼 깔끔하게 은륜을 잡아챌 줄은 생각지도 못했던 것이다.

전학수가 먼저 포권을 취하며 서요평을 향해 말했다.

"선배님의 훌륭한 무공에 감탄을 금치 못했습니다. 높으신 존함이 어찌 되시는지요?"

그러자 서요평이 코웃음을 치며 말했다.

"흥! 이 정도로 뭘 감탄한단 말이냐? 내 이름은 서요평이다."

그러자 전학수는 물론 무이오도도 놀란 표정이 됐다. 그들은 조금 전까지 서로 싸웠다는 사실도 잊었는지 일제히 포권을 하며 소리쳤다.

"사상이협 선배님을 이 자리에서 뵐 줄은 몰랐습니다. 혹시 선배님도 양 공자님을 뵈러 오신 건지요?"

"양 공자? 그게 누구지? 혹시 저 양 씨 성을 가진 놈을 말하는 것이라면 진작부터 함께 있었다."

그러자 전학수와 무이오도의 시선이 동시에 진양에게 향했다.

진양이 부드럽게 웃으며 물었다.

"저를 찾으신 것 같은데, 선배님들께선 무슨 용무이신지요?"

한데 진양의 말이 끝나자마자 전학수가 털썩 무릎을 꿇고 절을 올리는 것이 아닌가? 이어서 무이오도 역시 앞다투어 절을 올리기 시작했다.

진양이 황망한 마음에 얼른 그들을 일으키며 말했다.

"선배님들, 갑자기 왜 이러시는지요?"

"양 공자님을 뵙게 되어 영광입니다! 저는 양 공자님께 가르침을 받고자 오늘까지 쉬지 않고 달려왔습니다! 부디 저를 받아주십시오!"

전학수의 말이 끝나자마자 무이오도가 동시에 소리쳤다.

"저희 역시 양 공자님께 글을 배우고자 먼 곳에서 달려왔습니다! 저희를 거두어주십시오!"

진양은 이들의 갑작스런 말에 정신을 차릴 수가 없었다.

이때쯤 안마당에는 유설과 흑표도 나와 있었는데, 두 사람 역시 뭐가 어떻게 된 건지 알 수가 없어 서로를 번갈아 볼 뿐이었다.

진양이 정신을 수습하고는 물었다.

"그러니까… 여러분은 학립관에 온 이유가 제게 글을 배우고자 오셨단 말씀입니까?"

"그렇습니다! 양 공자께서는 이곳에서 서예를 가르친다고 들었습니다! 저희는 양 공자께 서예를 배우고 싶습니다!"

진양이 얼른 손을 내저었다.

"그게 무슨 말씀입니까? 불초한 제가 어찌 선배님들을 가르칠 수 있겠습니까? 그저 함께 담소를 나누다가 돌아가시지요."

"그럴 수는 없습니다! 양 공자께서 저희를 거두시지 않겠다면 저희는 여기에서 한 발자국도 물러나지 않겠습니다!"

"저 역시 마찬가지입니다!"

무이오도와 전학수가 마치 경쟁이라도 하듯 말했다.

진양은 난감한 표정을 짓다가 한숨을 내쉬고는 말했다.

"그럼 이렇게 하시는 것은 어떨는지요? 이곳에서 여러분이 서예를 즐기시는 것은 얼마든지 하십시오. 하지만 제가 여러분의 사부가 될 수는 없는 노릇입니다."

그러자 무이오도가 서로를 번갈아 보더니 고개를 끄덕였다.

일도귀가 말했다.

"그럼 저희를 수하로 거두어주시는 건지요?"

"불초 후배가 어찌 선배님들을 그리 대할 수 있겠습니까?"

"양 공자께서는 저희를 제자로 삼으시든지 아니면 수하로 거두어주시기 바랍니다. 저희는 양 공자님과 학립관을 위해 최선을 다할 것입니다."

무이오도는 이미 결심이 굳은 듯 강경한 태도로 말했다. 이에 질세라 전학수도 포권하더니 소리쳤다.

"이 전가 역시 이들과 같은 뜻입니다! 양 공자께서는 어떤 식으로든 이 전가를 거두어 쓰시길 바랍니다!"

마침 지켜보던 서운지가 껄껄 웃으며 말했다.

"축하드립니다, 양 관주! 이렇듯 훌륭한 무인들이 수하가 되길 자청하고 있으니 앞으로 학립관이 날로 발전하겠구려!"

진양은 여전히 난감했지만, 달리 이들을 돌아서게 할 방법이 없었다. 그렇다고 이대로 계속 무릎을 꿇게 한 채로 내버려 둘 수도 없었다.

결국 진양이 가볍게 한숨을 내쉬고는 말했다.

"알겠습니다. 여러분의 뜻이 정 그러하다면 우리 학립관을 위해서 힘써주시기 바랍니다. 하지만 저는 여러분을 수하라고 생각하기보다는 동료로서 생각하겠습니다."

그제야 무이오도와 전학수가 자리에서 벌떡 일어나며 고개를 숙였다.

"성심을 다해 양 관주님께 충성을 바치겠습니다!"

진양은 이들의 이러한 태도가 여간 부담스러운 게 아니었지만, 어쩔 수 없이 어색한 미소를 지어 보이며 고개를 끄덕였다.

"감사합니다. 저야말로 잘 부탁드립니다."

그런데 그때 다시 학립관 정문에서 누군가 소리쳤다.

"철혈문에서 학립관 관주님을 찾아뵙습니다!"

진양을 비롯한 학립관 사람들이 시선을 돌려보니, 옷을 단정하게 차려입은 무인 두 명과 노비로 보이는 자들이 지게에 커다란 상자들을 메고 들어왔다.

진양은 그 물건들이 무엇인지 몰라 눈을 휘둥그레 뜨고 물었다.

"철혈문에서 무슨 용무이신지요? 이것들은 다 무엇입니까?"

무인 중 한 명이 다가와 포권을 취하며 말했다.

"저는 철혈문 용호당주 백무염(白武焰)입니다. 이것들은 저희 문주님께서 양 관주님께 드리는 예물입니다. 학립관주가 되신 것을 축하드리는 의미로 황금과 비단 등을 부족하나마 준비했으니 부디 기쁜 마음으로 받아주시기 바랍니다."

진양이 아연한 마음에 손사래를 쳤다.

"철혈문에서는 어찌 학립관에 이처럼 많은 것을 베푸시는 겁니까? 저로서는 감당이 안 되는 선물이니 다시 가져가시기를 부탁드립니다."

그러자 백무염이 침울한 표정으로 말했다.

"만약 이 예물을 관주님께서 받으시지 않는다면 저는 돌아가서 문주님께 호된 질책을 받아야 할 것입니다. 그리고 다음에는 더욱 많은 예물을 준비해서 오게 될 것입니다. 부디 사양하지 말아주십시오."

상대가 이렇게까지 말하니 진양은 더 이상 거절할 수가 없었다.

결국 진양이 예물을 받겠노라 하자, 상대방은 뛸 듯이 기뻐하며 물건들을 나르기 시작했다.

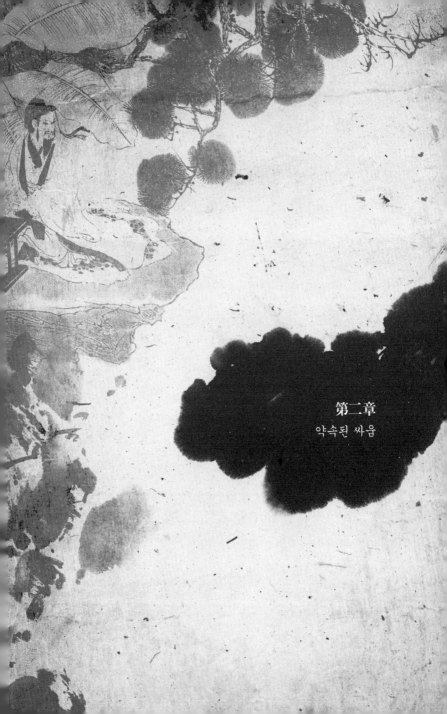

第二章

약속된 싸움

神筆天下
신필천하

진양은 하루가 어떻게 흘러갔는지 모를 정도로 정신이 없었다. 대학당 단상의 탁자에 앉은 진양은 긴 한숨을 내쉬었다. 그는 검지로 탁자를 톡톡 두드리다가 또다시 한숨을 길게 내쉬었다.

'도대체 어쩌다가 일이 이렇게 된 거지?'

진양은 도무지 이해할 수 없는 얼굴로 시선을 돌렸다. 그의 눈길이 향한 곳에는 생전 처음 보는 무인이 십여 명이나 앉아 있었다.

물론 그들 중에는 무이오도와 전학수도 포함되어 있었다.

오늘 하루 동안 갑자기 학림관의 생도가 되겠다며 찾아온 자들이다. 생도가 될 수 없다면 수하로 삼아달라며 간청한 자들이다.

진양의 안색이 영 좋지 않자, 전학수가 조심스레 질문했다.

"관주님, 무슨 일로 저희를 부르셨는지요? 심기가 불편해 보이십니다만, 안 좋은 일이 있으셨습니까?"

그러자 무이오도 중 사도귀가 불쑥 나섰다.

"만약 그런 것이라면 저희 무이오도가 단숨에 처리하겠습니다! 혹시 학림관의 적이 있다면 맡겨주십시오! 언제든 달려가 놈의 모가지를 따겠습니다!"

진양이 얼른 손을 저었다.

"그게 아닙니다."

"혹시 모가지를 따는 것으로 부족한 것이라면 저희가 놈의 눈알을 뽑아 씹어 먹고, 배를 갈라 창자를 끄집어내겠습니다! 양 귀와 코를 모두 잘라내고 돼지에게 먹이로 던져 주겠습니다!"

듣기만 해도 섬뜩한 말에 진양은 아연실색했다. 혹시라도 밖을 지나던 어린아이들이 듣기라도 할까 봐 괜히 주위를 두리번거렸다.

진양이 한숨을 내쉬며 말했다.

"현재 학립관의 적은 아무도 없습니다. 단지 저는 여러분을 어찌 대해야 할지 난감하여 고민 중입니다."

그러자 일도귀가 나서서 말했다.

"무엇을 고민하십니까? 그저 필요한 곳에 얼마든지 써주십시오."

"도대체 여러분은 어디서 제 이야기를 듣고 오신 겁니까?"

그러자 모인 무인들이 저마다 우물거리며 서로의 눈치만 볼 뿐이었다. 이에 더욱 이상한 생각이 든 진양이 재차 물었다.

"혹시 여러분에게 누군가 시킨 것입니까?"

그러자 전학수가 먼저 손사래를 쳤다.

"하늘에 맹세코 저는 누가 시켜서 한 것이 아닙니다. 양 공자께서는 제 진심을 믿어주십시오!"

"그럼 접선선생께서는 어디서 제 이야기를 들으셨습니까?"

"강호인이라면 양 공자의 위명을 듣지 못한 것이 이상한 일 아니겠습니까? 요즘이면 어디서든 양 공자님의 명성을 들을 수 있습니다."

"맞습니다. 양 공자께서는 현재 강호에서도 우리 사도… 아니, 전 무인의 영웅호걸로 알려져 모르는 이가 없습니다!"

맞장구를 치며 소리친 사람은 바로 진승(眞乘)이라는 무인이었다. 그는 독공을 주로 익혀 손가락이 녹색으로 물들어 있었는데, 그 때문에 녹독수(綠毒手)라는 별호를 가지고 있었다.

진양은 그의 말을 들으면서 모여 있는 이들을 다시 한 번 둘러보았다. 이들은 모두 강호에서 나름 악명이 높은 자들이다. 이것이 진양의 마음에 걸리는 또 한 가지였다.

'왜 하필 이런 자들만 전부 모였을까?'

진양이 단도직입적으로 물었다.

"혹시 여러분 중에 천상련으로부터 어떤 소리를 들은 분이 계십니까?"

그러자 한쪽 구석에서 허리를 구부정하게 숙인 채 앉아 있던, 대머리에 긴 흉터가 새겨진 노인이 말했다. 그는 선장을 지팡이 삼아 짚고 있었는데, 불가의 무인이 아님에도 스스로를 '노승'이라고 일컬었고, 스님처럼 행동하는 것을 즐겼다.

"노승은 천상련주님을 뵀지만 아무것도 못 들었습니다. 풍 련주님은 예전에 절 구해준 은인이지만 제게 아무런 말도 하지 않았습니다. 양 공자께서 천상련을 위기에서 구해주었다는 말은 듣지 못했습니다. 그리고 양 공자께서 학립관주가 되었으니 차후에 서로 보게 되면 예를 갖추라는 말씀은 하지 않았습니다. 그래서 노승은 학립관을 찾아왔습니다. 아니,

그러니까… 노승이 찾아온 것은 내 발이 여길 왔기 때문입니다."

진양은 그의 말뜻을 제대로 알아들을 수가 없었다.

사실 그는 과거에 뛰어난 무인이었지만, 한 번의 큰 싸움으로 인해 머리를 다친 적이 있었다. 그 바람에 일반인에 비해서는 사고력이 떨어지는 수준이었던 것이다. 해서 사람들은 그를 가리켜 백치역승(白痴力僧)이라고 불렀다.

하지만 평소에는 그를 그저 죽반승(粥飯僧)이라고 불렀는데, 노인 역시 그 칭호를 제법 좋아했다.

어쨌거나 진양은 죽반승의 말을 전부 알아듣지는 못했어도 조금은 이해할 수 있었다.

모여 있던 무인 중 몇몇은 죽반승의 가벼운 입을 탓하느라 곁눈질을 하기도 했다.

진양이 좌중을 둘러보며 물었다.

"혹시 여러분은 모두 풍 련주님의 명에 따라 오신 겁니까?"

그러자 전학수가 얼른 일어나 말했다.

"이왕 이렇게 된 것, 관주님께 솔직히 말씀드리겠습니다. 풍 련주님께서는 정말 별다른 말씀을 하시지 않았습니다. 그저 장례식에 참석한 사람들에게 전 련주님이 돌아가시게 된 경위를 설명하시면서 양 공자님에 대해 잠깐 언급하셨을 뿐입니다. 풍 련주님은 그저 양 공자님을 만나뵙게 되거든 최대한의 예를 갖추라고 이르셨을 뿐입니다. 이곳에 찾아온 것은 오로지 저의 독단입니다. 아마 이곳에 모인 다른 분들 역시 저와 같을 것입니다."

일도귀가 일어나며 맞장구쳤다.

"맞습니다. 저희는 어떤 강요도 없이 그저 양 공자님의 의협심에 감탄하여 스스로 찾아온 것입니다. 물론 천상련과 풍 련주님께 받은 은혜도 무시할 수 없지만, 풍 련주님께서는 저희에게 어떠한 부탁도 하지 않으셨습니다."

"그렇습니다!"

십여 명의 무인이 입을 모아 한목소리로 말했다.

진양은 그제야 대략의 사정을 짐작할 수가 있었다.

'아무리 스스로 결정한 사안이라지만, 이들이 이렇게까지 행동하는 이유는 모두 천상련이 존재하기 때문인 것은 분명하다. 천상련이 사도 무인들에게 끼치는 영향력이 이처럼 클 줄이야.'

진양은 내심 감탄을 금치 못하며 고개를 끄덕였다.

"알겠습니다. 저 역시 여러분의 진심을 왜곡해서 받아들이지는 않겠습니다. 여러분의 뜻이 정 그러하다면 앞으로 고심을 해서 임무를 정해 드리겠습니다. 그리고 또 한 가지, 저는 여러분의 사부가 아니지만 여러분이 학립관을 위해 힘쓰시겠다면 하루에 몇 시간은 반드시 서예를 하셔야 합니다. 그것은 제가 정한 첫 번째 규칙입니다."

"명심하겠습니다, 관주님!"

진양이 이토록 서예를 강조하는 이유는 이들의 악한 심성을 조금이나마 치유하기 위함이었다. 그는 서예를 통해 깊은 깨달음을 얻을 수 있는 것은 물론 인간의 본성도 바꿀 수 있다고 굳게 믿고 있었다.

무인들의 대답을 듣고 난 진양은 그제야 어느 정도 마음을 놓고는 자리에서 일어났다.

"그럼 밤이 깊었으니 오늘은 그만 돌아가 쉬십시오. 여러분이 묵을 장소는 지묵당주께서 안내해 드릴 것입니다."

지묵당주란 바로 단지겸을 가리켜 말한 것이다.

무인들이 일제히 일어나 인사했다.

"안녕히 주무십시오, 관주님!"

진양은 여전히 적응이 되지 않는 표정으로 어색한 웃음을 지어 보이고는 걸음을 돌렸다. 그러다가 그는 잊은 것이 생각난 듯 녹독수 진승을 바라보았다.

"진 선배님께서는 저를 잠시 따라오시겠습니까?"

"알겠습니다, 관주님!"

진승이 흔쾌히 대답하며 진양을 뒤따랐다.

진양은 진승을 데리고 사상이괴가 있는 방으로 갔다.

서요평은 평소와 다를 바 없이 늦은 시간에 왜 찾아왔냐며 투덜거렸고, 서운지는 싱글벙글 웃으며 두 사람을 맞이했다.

진양은 서운지를 가리키며 진승에게 일렀다.

"혹시 진맥을 해보시면 서 선배님이 당한 독에 대해서 좀 알 수 있을까요?"

그러자 진승이 공손한 태도로 대답했다.

"제가 부족한 것이 많아서 바로 알아낼 수 있을지 모르겠습니다. 하지만 최선을 다해보겠습니다."

그는 곧 침상에 걸터앉아서 서운지의 맥을 짚어보았다. 눈을 지그시 감고 있던 그가 놀란 표정을 지으며 일어났다.

"관주님, 이분은 지금 십지독에 당하셨습니다."

그의 말에 진양의 표정이 밝아졌다.

단지 맥을 짚음으로써 그 독의 종류를 파악했으니, 어쩌면 치료법을 알아낼지도 모른다는 기대가 든 것이다.

"바로 그렇습니다. 십지독녀가 서운지 선배님을 이렇게 만들었지요."

"불행 중 다행인 것은 십지독이 그리 강맹하지 않다는 것입니다. 그러나 시일이 지나면……"

"그 또한 알고 있습니다. 그래서 그 독을 해독할 수 있는지 여쭙고 싶은 것입니다."

하지만 진승의 표정은 어두웠다.

그가 고개를 절레절레 저었다.

"십지독녀는 독인 사이에서도 가장 무서운 자입니다. 저로서는 그녀의 독을 해독할 능력이 없습니다. 정말 면목이 없습니다."

어느 정도 기대를 가지고 있던 진양은 아쉬운 마음이 드는 것을 어쩌지 못했다.

"그렇군요. 하면 그 독의 진행을 좀 늦출 수는 없을까요?"

"흐음."

진숭이 턱을 괴고 침음을 흘리다가 겨우 대답했다.

"소인이 한번 궁리해 보겠습니다. 어쩌면 조금은 늦출 방법이 있을지도 모르겠습니다."

"고맙습니다."

"별말씀을요. 관주님의 명이라면 불구덩이 속이라도 뛰어들 것입니다."

진숭이 돌연 결연한 표정으로 말했다.

진양은 역시나 적응이 되지 않았지만, 그저 감사한 마음에 웃음을 지을 뿐이었다.

이들의 대화를 듣기만 하던 서운지가 말했다.

"감사하오, 양 관주. 나를 위해 이렇게까지 배려해 주시니……."

"이미 선배님도 우리 학림관의 식구나 다름없지요."

진양의 부드러운 말투에 서운지가 환한 미소로 답했다.

그날 이후 학립관을 찾아오는 사람들의 발길이 끊이지 않았다. 거의 매일같이 사마외도의 무인들이 학립관을 찾아왔는데, 방문자가 많은 날은 하루에 열 명도 넘었다.

뿐만 아니라 인근 문파는 물론 중원 각지의 크고 작은 사파에서 각종 예물을 보내왔다.

진양은 그때마다 번번이 사양하며 예물을 거절했지만, 끝내는 상대의 고집을 꺾지 못하고 받아들일 수밖에 없었다.

그러다 보니 한 달여가 지났을 때는 아이들보다도 사마외도의 무인들이 더욱 많게 되었다.

천하 각지에서 악명으로 이름을 떨친 자들이 모두 모였으니 그 흉흉한 분위기는 굳이 말할 필요도 없으리라.

결국 이들이 묵을 공간조차 부족해졌기에 학립관은 근처 나무를 깎고 증축 공사에 착수했다.

이때쯤 학립관의 총관 직을 맡은 사람은 바로 유설이었다.

그녀는 표국에서 일했던 경험을 되새겨 자본금을 운영해 나갔다. 다행히 여러 문파로부터 갖가지 예물을 받은 덕분에 학립관의 자본금은 충분히 여유가 있었다.

그녀는 마을 사람들을 인부로 고용했는데, 민심을 얻기 위해 늘 높은 임금을 챙겨주었다. 거기에 학립관을 찾아온 대다수의 무인들 역시 증축 공사를 거들게 되니 진행은 무척 빠르게 이루어졌다.

그렇게 두 달여가 다시 지나자 건물이 완공되었다. 증축된 건물들은 기존의 건물보다 훨씬 크고 웅장했으며 그 범위도 넓었다.

이로써 학립관의 위용이 더욱 높아졌다.

건물이 완공되던 날 진양은 그동안 고생했던 인부들과 무인들을 모아 연회를 베풀었다.

그날만큼은 학립관의 아이들도 따로 자리를 마련해 주어 먹을 것을 충분히 주고 실컷 놀게 해주었다.

밤이 깊고 연회의 자리가 무르익자 흥이 오른 무인들은 서로 무예에 관한 토론을 하기도 하고, 팔씨름 따위를 하며 힘을 겨루기도 했다.

한데 서요평이 가만히 진양의 곁으로 다가오더니 전에 없이 침울한 표정으로 말을 걸어왔다.

"양 관주, 잠시 날 좀 보세."

진양은 내심 의아한 표정으로 그를 바라보았다.

평소라면 욕부터 건네왔을 서요평이 아닌가?

한데 오늘따라 낯빛에 그늘이 잔뜩 져 있고 어깨도 축 처져 기운이 하나도 없어 보였다.

서요평은 진양의 대답을 기다리지도 않고 터벅터벅 걸어갔는데, 그 걸음걸이마저도 몹시 무거워 보였다.

진양이 몸을 일으키고 그의 뒤를 따라가 새로 지은 건물의 대청으로 들어섰다.

"무슨 용무이신지요, 선배님?"

조용한 대청에 둘만 남게 되자 서요평이 울적한 목소리로 입을 열었다.

"십지독녀가 왜 나타나지 않는 것인가?"

진양은 뜬금없는 소리에 눈을 동그랗게 떴다.

"예?"

"십지독녀 말일세. 그녀와 자네는 일 년 후에 다시 만나기로 약속했다고 하지 않았나?"

그제야 진양은 서요평의 말뜻을 알 수 있었다. 그러고 보니 요 며칠 동안은 여러 가지 일이 있어 십지독녀에 대한 생각은 까맣게 잊고 있었다.

진양이 얼른 속셈을 해보니 벌써 십지독녀와 만나기로 한 날이 지나가 있었다.

진양으로서는 이대로 십지독녀가 나타나지 않는다고 해서 아쉬울 것이 없었지만 사상이괴는 달랐다. 만약 십지독녀가 계속 나타나지 않는다면 서운지는 독 기운을 이겨내지 못해 분명 죽고 말 터였다.

"흐음. 벌써 시간이 그렇게 됐군요. 하지만 저도 그녀가 왜 나타나지 않는지 모르겠습니다."

그러자 서요평이 돌연 냉랭한 표정으로 진양을 쏘아보았다.

"흥! 자네는 지금 내심 좋아하고 있겠지? 이대로 십지독녀가 나타나지 않았으면 하겠지?"

진양은 뭐든지 부정적으로 생각하는 서요평의 성격을 잘 알고 있었기에 당황하지도 않고 침착하게 대답했다.

"사실 저 혼자였다면 그랬을지도 모르지요. 하지만 서운지 선배님이 학립관의 식구로 함께 지내고 있는데 제가 어찌 모른 척할 수 있겠습니까? 지금 심정으로는 십지독녀를 다시 만나보고 싶군요."

"흥! 입에 침도 안 바르고 거짓말을 하는군!"

진양은 그러거나 말거나 빙그레 웃기만 할 뿐이었다.

서요평은 곧 시무룩한 표정으로 말했다.

"앞으로 사흘 정도 더 기다려 볼 생각이네."

"그 뒤에는 어쩌실 생각입니까?"

"기다려서 오지 않는다면 직접 찾아가 봐야 하지 않겠나? 어떻게든 그 년과 결판을 내야지!"

진양은 묵묵히 고개를 끄덕일 뿐 아무런 말도 해줄 수가 없었다. 지금 그로서는 서요평을 붙잡을 수도, 떠밀 수도 없는 형편이었다.

'내가 아무리 글로 뜻을 깨우친다지만, 곁에 있는 사람 한 명을 살려내지 못하는구나.'

진양은 착잡한 심정에 그저 한숨을 내쉴 뿐이었다.

사흘이 지났지만 십지독녀는 나타나지 않았다. 진양이 걱정되는 마음에 사상이괴의 방을 찾아가 보니, 이미 서요평과 서운지는 짐을 챙겨 떠날 채비를 하고 있었다.

진양이 두 사람에게 다가가 씁쓸한 표정으로 말했다.

"제가 두 분을 도와드릴 방법이 없어서 안타깝습니다."

"허허, 이미 양 관주께 많은 도움을 받았는데 무슨 그런 말씀을 하시오. 그동안 받은 은혜만 해도 다 갚지 못할 정도로 크다오."

하지만 서요평은 여전히 냉랭한 태도였다.

"저 녀석이 우리를 더 이상 돕지 못하는 건 사실이지 않느냐? 너는 왜 자꾸 남의 공을 높여주지 못해 안달이냐?"

"하하, 사실을 그대로 이야기하는 것뿐이지 않수?"

"쳇! 아무튼 이제 우리는 다시 학립관에 올 일이 없을 테니 그리 알게나!"

서요평은 짐을 등 뒤로 둘러메더니 성큼성큼 걸음을 옮겨

문으로 갔다. 그런데 그가 막 손을 내뻗는 순간, 방문이 저절로 벌컥 열리면서 누군가 급하게 뛰어들어 왔다.

그는 바로 단지겸이었다.

서요평이 화가 잔뜩 나서 소리쳤다.

"어르신의 방에 찾아오면서 어찌 인기척도 내지 않는단 말이냐?"

하지만 단지겸은 서요평은 신경도 쓰지 않은 채 하얗게 질린 안색으로 곧장 진양에게 다가갔다. 그리고 서신 한 장을 내밀었다.

"자네, 이것 좀 보게!"

진양이 서신을 읽어보니 대별산 정상에서 생사를 걸고 승부를 내자는 내용이 짤막하게 적혀 있었다.

진양이 얼른 단지겸을 돌아보며 물었다.

"이걸 누가 주던가?"

"조금 전 아리따운 여인이 나타나 내게 건네주었네. 자네에게 전해달라고 했네. 도대체 무슨 일인가?"

"흐음. 혹시 이 사실을 다른 사람에게 말했는가?"

"아니, 서신을 보고 놀라서 곧장 자네에게 온 것일세."

"잘했네. 이에 대한 내용을 다른 사람에게는 말하지 말게나."

"그건 또 왜 그런가?"

"별일 아닌 일에 괜히 여러 사람에게 걱정을 끼치고 싶지 않아서 그렇다네."

단지겸은 가만히 진양을 바라보다가 고개를 끄덕였다.

"알겠네. 그리함세."

"고맙네. 이 일은 내가 알아서 할 테니 자네는 그만 다른 용무를 봐도 좋네."

"정말 별일 아닌 것이 확실하지?"

단지겸은 아무래도 불안한 듯 재차 물었다.

진양이 부드럽게 웃으며 대답했다.

"그래. 걱정 말게나."

그제야 단지겸은 고개를 끄덕이고는 돌아갔다.

진양이 사상이괴를 돌아보며 말했다.

"십지독녀가 나타난 것 같습니다. 두 선배님도 함께 가시겠습니까?"

서요평이 등에 멘 짐을 침상으로 내던지며 대답했다.

"두말하면 잔소리지!"

대별산 정상은 안개로 자욱했다.

진양과 사상이괴는 다소 긴장한 낯빛으로 주위를 경계하며 천천히 걸음을 옮겼다.

대별산 정상은 제법 너르고 평평한 터가 있었지만, 짙은 안개 때문에 자칫 부주의할 경우에는 발을 헛디뎌 천 길 낭떠러지로 추락할 위험도 다분했다.

진양이 공터 한복판으로 걸어가서 두 손을 맞잡고 소리쳤다.

"학립관 양진양이 왔습니다! 십지독녀 선배님께서는 이곳에 계시면 나와주십시오!"

하지만 어디에서도 대답은 들려오지 않았다.

마치 정상에는 진양과 사상이괴 외에는 아무도 없는 것처럼 조용했다.

진양이 다시 한 번 소리쳤다.

"십지독녀 선배님께서는 이곳에 안 계십니까?"

그러자 낭떠러지 부근에서 낭랑한 웃음소리가 들렸다.

"호호호호!"

진양과 사상이괴가 몸을 흠칫 떨고는 시선을 돌렸다.

하지만 워낙 짙은 안개 때문에 웃음소리는 마치 낭떠러지 밖의 허공에서 들려오는 듯 아스라이 느껴졌다. 진양이 그곳으로 다가가며 말했다.

"십지독녀 매 선배님이신지요?"

"호호호호!"

이번에는 전혀 반대방향에서 웃음소리가 들렸다.

진양과 사상이괴는 마치 귀신한테 홀린 듯 멍한 표정으로 뒤를 돌아보았다.

참다못한 서요평이 버럭 성을 냈다.

"도대체 지금 뭘 하자는 거요? 이곳에 있으면 모습을 드러낼 것이지, 대낮부터 귀신놀음이라도 하자는 건가?"

그러자 이번에는 다시 북쪽에서 낭랑한 목소리가 들려왔다.

"흥! 사상이괴가 왜 여기까지 따라온 거지?"

"당신은 우리에게 해독약을 주기로 약속하지 않았소?"

서요평은 욕지기를 내뱉지 못해 입술이 근질근질했지만, 혹여나 그녀의 마음이 변할까 봐 꾹 눌러 참았다.

매지향은 마치 그런 서요평의 기분을 꿰뚫어 보고 있는 것처럼 능청을 부렸다.

"흐웅, 내가 그런 말을 했던가?"

"이익! 분명히 그렇게 말했소! 만약 이제 와서 다른 소리를 했다간 천하가 십지독녀를 비웃을 것이오!"

"아아~ 이제 좀 기억이 나는 것 같네. 하지만 내 기억에는 반드시 해독약을 주기로 약속한 적은 없는데? 기분에 따라 얼마든지 다른 결정을 내릴 수도 있는 것이 아닌가요?"

그러자 서요평의 표정이 어두워졌다.

"우리가 어쩌면 되겠소?"

그가 한껏 풀죽은 목소리로 말하자 십지독녀는 깔깔거리

며 웃음을 터뜨리더니 곧 입을 열었다.

"오늘 나는 저 양씨 녀석과 생사를 걸고 싸우기로 했어요. 이 싸움이 끝나면 당신들에 대해서 생각해 보죠."

다시 말해서 이 싸움에 함부로 나서면 절대로 해독약은 내놓지 않겠다는 소리였다.

서요평은 당장에라도 달려들어 매지향에게서 해독약을 빼앗고 싶었지만 다시 한 번 인내력을 발휘했다.

어차피 매지향이 진양과 겨루게 된다면 쉽게 날 승부는 아닐 터였다. 그 결과야 어떻게 되든 지쳐 있는 매지향을 기습한다면 해독약을 강제로 빼앗아 올 가능성도 충분하다고 판단한 것이다.

서요평이 서운지의 소매를 이끌며 두어 걸음 물러났다.

"알겠소. 그때까지 기다리지."

말을 뱉은 서요평은 눈길을 진양에게 던졌다.

진양은 그의 눈빛을 읽고 보일 듯 말 듯 고개를 끄덕였다. 사상이괴는 자신이 이겨주길 바라고 있는 것이다.

진양이 허공에 대고 소리쳤다.

"매 선배님! 그만 모습을 보이시지 않겠습니까?"

그러자 다시 매지향의 낭랑한 웃음소리가 들려왔다. 이번에는 남쪽에서 들렸다.

"호호호! 내가 왜 너에게 모습을 보여야 하느냐? 나는 일

년여 전에 네 목숨을 노리겠다고 했다. 굳이 정당한 대결을 벌여야 할 이유라도 있단 말이냐?"

그제야 진양은 매지향이 이대로 모습을 보이지 않은 채 기습을 해올 것임을 짐작했다.

상황을 파악한 진양은 더 이상 대꾸하지 않고 가만히 주위를 두리번거리며 경계 태세를 갖췄다.

"호호호호!"

다시 그녀의 웃음소리가 들렸다.

이번에는 서쪽에서 들렸다. 이어서 동쪽에서 들리더니, 다시 북쪽에서 웃음소리가 이어졌다.

극히 짧은 순간에 동서남북을 번쩍번쩍 오가며 웃음을 터뜨리니 그야말로 정신을 차리기 힘들었다.

'과연 매 선배님이시다. 이렇듯 빠른 경신법을 펼치니 내가 쫓아가려고 해서는 큰 해를 당할 것이다.'

생각을 정리한 진양은 마음을 차분히 가라앉히고 매지향이 먼저 공격해 오기를 기다렸다.

그러고 나서도 매지향은 한참이나 웃음을 흘리며 동서남북을 끊임없이 오갔다.

사면팔방 어느 곳에서 공격을 해올지 알 수가 없으니, 진양은 시간이 지날수록 불안감이 커져갔다.

하지만 이것이야말로 매지향이 노리는 바였기에, 진양은

심호흡을 하면서 최대한 침착하게 대응했다.

그러던 어느 순간,

쒜에엑!

동쪽으로부터 날카로운 파공음이 이어졌다.

진양이 얼른 몸을 돌리며 수호필을 내려쳤다. 찰나, 진양을 향해 쇄도해 들어오던 매지향이 몸을 슬쩍 비트는가 싶더니 수호필을 아슬아슬하게 피해 버리고는 부채를 활짝 펼치며 지나쳤다.

촤악!

"크읏!"

날카롭게 펼쳐진 부채가 진양의 왼쪽 팔뚝을 찢었다.

진양은 통증을 느낄 새도 없이 곧장 매지향을 뒤쫓았다. 지금 그녀를 놓치면 다시 또 얼마나 불안감에 시달리며 공격을 기다려야 할지 알 수 없었다.

정상의 안개는 매우 짙었기에 진양은 곧장 그녀를 뒤쫓으면서도 매지향의 뒷모습을 완전히 볼 수는 없었다. 바람에 펄럭이는 옷자락만을 간신히 알아보고는 달려갈 뿐이었다.

"호호호호!"

매지향은 진양이 뒤를 바짝 쫓는다는 것을 알면서도 연신 웃음을 터뜨리며 달려갔다.

웃음을 멈추지 않는 여인이 앞서 달리고 그 뒤를 젊은 남자가 죽어라 뒤쫓고 있으니, 제삼자가 보기에 이들의 모습은 퍽이나 우스꽝스러울 수밖에 없었다.

어쨌거나 진양이 있는 힘을 다해 달리다 보니 매지향과 그의 거리가 조금씩 가까워지기 시작했다.

진양은 문득 이상한 생각이 들었다.

'앞서 들은 매 선배님의 목소리로 보면 그야말로 신출귀몰한 신법이었는데, 어째서 지금은 나보다 느린 것일까? 뭔가 함정이 있는 것은 아닐까?

이런 생각이 들던 차에 돌연 매지향의 웃음소리가 뒤에서 들려왔다.

"호호호호!"

진양은 등골이 서늘해지면서 급히 걸음을 멈추고 몸을 옆으로 피했다.

하지만 그의 뒤를 기습하는 것은 아무것도 없었다.

뒤이어 웃음소리가 그를 조롱이라도 하듯 사방에서 들려왔다.

'이상하군. 나는 분명 매 선배님을 뒤쫓고 있었는데 갑자기 웃음소리가 뒤에서 들리다니? 혹시 소 낭자가 매 선배님을 도와 나를 협공하는 것일까?

하지만 진양은 곧 고개를 절레절레 저었다.

매지향 같은 무림대종사가 제자를 이용해 자신을 협공할 것 같지는 않았다. 이는 매지향의 자존심이 허락하지 않을 일이리라.

매지향의 웃음소리는 이번에도 끊이지 않고 이어졌다.

웃음소리가 사방에서 끊임없이 이어지니 진양은 정말이지 혼이 나갈 지경이었다.

그때였다.

남쪽 방면에서 서요평의 목소리가 불쑥 튀어나왔다.

"이거야 원, 안개가 너무 짙어서 뭐가 보여야지. 도대체 싸움이 어떻게 돌아가고 있는지 알 수가 없구먼."

그와 동시에 매지향의 웃음소리도 남쪽에서 들려오는 것이 아닌가?

진양은 얼른 고개를 돌리고 남쪽을 바라보며 소리쳤다.

"서 선배님! 혹시 그곳에 매 선배님이 함께 계신지요?"

"으잉? 여기에? 여긴 우리밖에 없는데? 갑자기 그 여자가 왜 우리랑 같이 있단 말이냐?"

진양이 의아하게 여기는데, 문득 서요평의 대답에 이어 자신의 목소리가 들려오는 것이 아닌가?

"서 선배님! 혹시 그곳에 매 선배님이 함께 계신지요?"

잔뜩 긴장하고 있던 진양은 소스라치게 놀라며 주춤 물러났다. 처음에는 정말로 귀신에게 홀린 것이 아닌가 하는 착각을 할 정도였다.

하지만 그의 뇌리에 한 가지 생각이 스쳐 지나갔다.

'이건 메아리다!'

진양은 순간 바닥을 박차고 남쪽 방면으로 달려갔다. 조금 나아가니 아니나 다를까 사상이괴가 서 있었는데, 그들의 등 뒤로는 높고 널찍한 바위가 버티고 서 있었다.

서요평은 진양을 보더니 깜짝 놀란 표정으로 물었다.

"자네, 다친 건가?"

"가벼운 상처입니다. 괜찮습니다."

진양은 얼른 대답을 끝내고는 서요평이 뭐라고 하는 말을 더 듣지도 않고 다시 북쪽으로 달려갔다.

한데 북쪽 끝에 다다르자 그곳에도 역시 커다란 바위 하나 가 놓여 있는 것이 아닌가?

진양은 다시 동쪽으로 가보았다.

역시 그곳에도 커다란 바위가 놓여 있었다.

마지막으로 진양은 서쪽으로 가보았는데, 그곳에는 바위 몇 개가 병풍처럼 둘러져 있었다.

그제야 진양은 매지향이 어떻게 그처럼 신출귀몰했는지 알 수가 있었다.

어릴 적 그는 대별산 정상에 올라와 본 적이 있는데, 그때 의 기억을 더듬어보면 이곳 바위는 원래 서쪽과 동쪽에만 있었다.

그래서 학립관의 생도들은 이곳 정상이 쇠뿔을 닮았다고 하여 우각봉(牛角峰)이라고도 불렀다.

한데 지금은 어찌 된 노릇인지 남쪽과 북쪽에도 바위가 하나씩 놓여 있는 것이 아닌가?

없던 바위가 갑자기 어디서 나타난 것인지는 알 수 없지만, 매지향은 바로 이 지형을 이용한 것이리라. 사람의 말소리라면 메아리를 구분하기가 쉽겠지만, 공력을 담은 웃음소리라면 메아리와 구분하기가 쉽지 않다.

그러다 보니 진양을 비롯한 사상이괴는 매지향의 웃음소리가 메아리라는 생각은 전혀 하지 못하고 몹시 빠른 경신법으로 이동하고 있다고만 생각한 것이다.

진양이 호탕하게 웃었다.

"하하하! 매 선배님의 재주에 후배가 깊이 탄복했습니다!"

그런데 돌연 진양의 옆에서 목소리가 불쑥 튀어나왔다.

"홍! 그걸 알아냈다고 우쭐댈 것 하나 없다!"

뒤미처 바람을 가르는 소리가 나더니 부채가 안개를 뚫으며 불쑥 튀어나왔다.

진양이 얼른 몸을 젖히며 피하자, 부채는 다시 수직으로 방향을 틀어 진양의 심장을 향해 쇄도했다. 그 순간 진양의 몸이 돌개바람처럼 회전하며 수호필을 휘둘렀다.

챙!

진양의 몸이 허공으로 솟구쳐 오르자, 이번에는 매지향이 번쩍 날아오르며 허리춤의 검을 뽑아 들었다. 그녀가 뛰어오른 정점에서 검날을 머리 위로 들었을 때, 진양은 그것이 바로 십절류의 야공유성 초식임을 알아보았다.

쒜엑!

검날이 은빛 광채를 흩뿌리며 진양을 향해 떨어졌다. 그 순간 진양은 천근추(千斤鎚)의 술법을 이용해 무게를 증가시켜 빠르게 떨어졌다.

쿠웅!

어찌나 세게 떨어졌는지, 진양의 발바닥이 땅바닥에서 이 촌 깊이로 들어갔다.

한편, 진양을 베지 못한 매지향은 그대로 바닥으로 내려섰다.

그 순간 진양이 바닥을 박차고 뛰어나가 매지향을 향해 수호필을 휘둘렀다. 매지향은 얼른 검을 휘둘러 수호필과 맞부딪쳐 갔다.

까앙!

날카로운 금속성이 울리면서 불꽃이 번쩍 튀었다.

뒤이어 연속적으로 수호필과 검이 마주쳤지만 쉽게 승부는 나지 않았다.

진양이 사용하는 무공은 바로 능파검이었는데, 시간이 지날수록 매지향의 검공이 점점 위력을 잃어가기 시작했다. 조금씩 후퇴하던 매지향은 공터의 한가운데에 다다르자 이내 몸을 돌려 북쪽으로 달아나기 시작했다.

진양이 그녀를 놓칠세라 바짝 뒤쫓았다.

북쪽 바위에 거의 다다를 즈음에 진양은 그녀를 거의 따라잡을 수 있었다.

찰나, 매지향이 몸을 홀쩍 날리더니 우뚝 솟아 있는 바위를 발로 차며 그 반탄력으로 진양의 머리 위를 지나쳐 허공에서 재주를 넘었다.

진양 역시 가속력을 이기지 못해 같은 방법으로 방향을 틀려고 할 때였다.

갑자기 바위가 시야에서 감쪽같이 사라지는 것이 아닌가?

알고 보니 절벽 끝에 서 있던 바위가 매지향의 발길질에 낭떠러지 밖으로 떨어져 내린 것이다.

"헉!"

진양이 얼른 걸음을 멈추며 수호필을 바닥 깊이 꽂았다.

콰가가각!

공력을 머금은 수호필이 바닥 깊숙이 박혀들어 갔지만, 전력을 다해 뒤쫓던 진양의 가속력은 쉽게 제어되지 않았다.

콰가가각!

수호필은 바닥에 긴 자국을 남기며 이끌려 갔다.

다음 순간 진양은 몸이 허공에 붕 뜨는 기분을 느끼고는 저도 모르게 비명을 내질렀다.

"악!"

한데 하늘이 도왔는지 바닥을 긁으며 끌려가던 수호필이 돌연 딱딱한 뭔가에 걸린 듯 금속성을 울리면서 절벽 끝에서 아슬아슬하게 멈추었다.

추락할 위기를 겨우 넘긴 진양은 얼른 수호필을 끌어당기며 절벽 위로 올라섰다.

등줄기에서는 식은땀이 주르륵 흘렀다.

수호필이 꽂혀 있는 바닥을 살핀 진양은 고개를 갸웃거렸다.

'분명히 금속성이 울렸는데 바닥에는 흙뿐이군. 혹시 사상이괴 선배들이 날 도와준 걸까?'

그때 매지향의 목소리가 날카롭게 들려왔다.

"무슨 짓이냐?"

진양은 순간 자신에게 던진 질문인 줄 알고 어리둥절한 채 아무런 대답도 하지 못했다.

매지향이 다시 소리쳐 물었다.

"무슨 짓이냐고 묻지 않았느냐? 네가 날 속일 생각이냐?"

그러자 안개 속 어딘가에서 모기처럼 가는 목소리가 흘러나왔다.

"죄송합니다, 사부님."

그 순간 진양은 수호필이 끌려가는 것을 막아준 사람이 누구인지 알 수 있었다.

이 목소리의 주인은 분명 소담화였던 것이다.

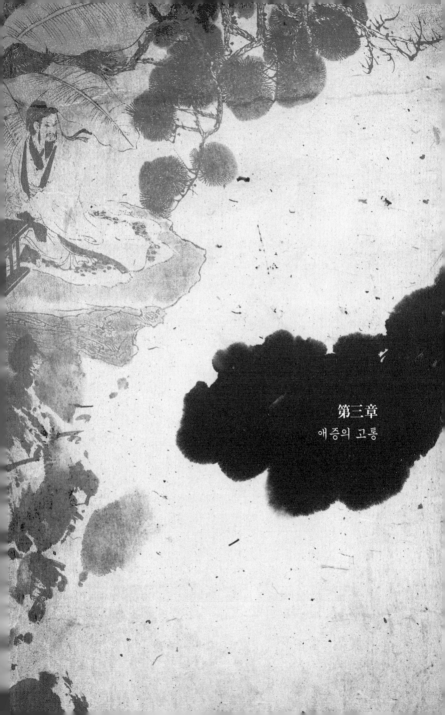

第三章
애증의 고통

神筆天下
신필천하

‘그녀가 날 구해줬구나! 그런데 왜 그랬을까?'

진양이 소담화를 떠올리며 생각하는데, 다시 매지향의 앙칼진 목소리가 안개 속에서 들려왔다.

"네가 이 사부를 배신하겠다는 것이냐?"

"아니에요, 사부님. 다신… 다신 그러지 않겠어요."

"이유를 말해보아라! 왜 그를 살려주었느냐?"

"그냥… 군이 그를 죽일 이유가 없을 것 같아서……."

"뭣이? 지금 그것을 이유라고 대느냐?"

"……."

"내가 죽이고자 했다. 그것이 이유다. 됐느냐?"

매지향이 잔뜩 화난 목소리로 외쳤지만, 소담화는 아무런 대꾸도 하지 않았다.

매지향이 다시 말했다.

"만약 한 번만 더 방해를 한다면 널 절대 용서하지 않겠다!"

"사부님… 그를 꼭 죽여야만 하나요?"

"뭣이? 오늘 네가 정말 이상하구나! 도대체 뭐가 문제냐? 왜 그를 살려주지 못해 안달이냐?"

"그건… 그건……."

"말해보아라! 무엇이 문제냐?"

"그건… 사부님을 위해서예요."

그렇지 않아도 모기처럼 가는 목소리가 더욱 작아졌다. 매지향이 코웃음을 쳤다.

"나를? 그것이 어째서 나를 위한 거지?"

"그를 죽이면… 사부님은 분명 후회하실 거예요."

"어째서지?"

"사부님은… 사부님은 임패각 어르신이 돌아가신 후 줄곧 슬퍼하셨잖……."

"닥쳐라! 내 앞에서 그자의 이름을 꺼내는 자는 누구든 죽이겠다고 맹세했다! 그런데 감히 그걸 누구보다도 잘 아는 네

가 그런 말을 해?'

매지향의 목소리가 끝나는 순간 바람 소리가 이어졌다. 진양은 그녀가 제자인 소담화를 공격하려는 것을 짐작하고는 얼른 몸을 날렸다.

"조심하시오!"

진양이 안개를 뚫으며 달려가 보니 역시나 예상한 곳에 소담화가 당황한 모습으로 서 있었다. 찰나, 진양은 오른쪽에서 강한 기운이 훅 불어오는 것을 느끼고는 얼른 수호필을 후려쳤다.

까앙!

불똥이 튀면서 매지향의 분노한 얼굴이 드러났다. 매지향은 검날이 튕겨 나가자 그대로 왼손에 들고 있던 부채를 내찔러 왔다.

진양은 그대로 벽력섬광도법을 이용해서 찔러 들어오는 부채를 쳐냈다.

매지향은 진양이 이처럼 재빨리 수호필을 휘둘러 올 줄은 생각지 못했기에 몸이 휘청거리며 뒤로 한 걸음 물러나고 말았다. 뒤미처 진양이 다시 한 번 쾌도를 구사하자, '깡!' 하는 청명한 금속성이 울리면서 매지향의 손에서 검이 날아가고 말았다.

"이익!"

매지향은 소담화를 위해 목숨도 돌보지 않고 나서는 진양을 보자 더욱 노기가 치솟았다.

그녀가 곧장 부채를 찔러오자, 진양은 다시 한 번 수호필을 들어 막았다.

이어서 매지향의 오른손에 시퍼런 독기가 맺히는가 싶더니, 진양의 가슴팍을 향해 번개처럼 날아들었다.

"하앗!"

진양은 급한 김에 얼른 왼손을 마주 뻗었다. 다음 순간 두 사람의 손바닥이 정확하게 마주친 채 꿈쩍도 하지 않았다.

매지향의 손은 금세 시퍼렇게 물들었고, 진양의 손은 불그스름하게 물들어갔다.

두 사람은 그렇게 손바닥을 마주한 채 석상처럼 굳어서 움직이지 않았다. 이제는 생사를 건 공력 대결에 들어간 것이다.

진양은 손바닥이 타들어가는 듯한 느낌에 더욱 내력을 끌어올렸다.

보통 때와 달리 두 사람의 손바닥 사이에서 검고 푸른 연기가 스멀스멀 피어올랐다.

이는 매지향의 공력에 독기가 실려 있기 때문이었다.

때문에 진양으로서는 매지향보다 훨씬 많은 공력을 소모해야만 했다.

자칫 독기가 진양의 내공을 뚫고 들어오게 된다면 중상을 면할 수 없으리라.

평소보다 훨씬 많은 공력으로 맞대응해야 하는 진양은 금방 호흡이 가빠지고 이마에 땀이 송골송골 맺히기 시작했다.

매지향은 그녀대로 강한 내공을 상대하느라 진땀을 흘리고 있었다.

이대로 시간이 흐른다면 두 사람 모두 죽을지도 몰랐다. 운이 좋아 한 명이 살아남는다고 해도 틀림없이 깊은 부상을 입을 것이다.

생각 끝에 매지향이 순간적으로 내력을 끌어올린 후 소리쳤다.

"화야! 뭘 그리 멍하니 서 있느냐? 어서 이 녀석을 쳐라!"

"네?"

소담화가 깜짝 놀라 반문하자, 매지향이 신경질적으로 소리쳤다.

"내 말이 들리지 않느냐? 이 녀석을 베란 말이다!"

진양 뒤에 서 있던 소담화는 당혹감을 감추지 못하고 주춤 물러났다.

매지향은 현재 자신의 젊음을 유지하는 데 소모하던 공력마저 끌어올리는 중이었다. 때문에 말을 한마디 할 때마다 그녀의 몸은 곧바로 반응했다.

가장 눈에 띄는 변화는 머리카락 색깔이 점차 하얗게 세어 가는 것이었다.

소담화는 검을 뽑아 들고 진양의 곁으로 다가갔다. 만약 그녀가 곧장 검을 내찌른다면 진양은 그 자리에서 즉사할 터였다.

진양은 곁눈질로 소담화를 흘깃 바라보았지만 어떤 말도 꺼낼 수가 없었다. 만약 한마디라도 꺼냈다가는 틀림없이 한 줄기 독기가 자신의 손을 타고 몸 깊숙이 침투할 터였다.

소담화는 부들부들 떠는 손으로 검을 들어 올렸다.

하지만 그녀는 차마 검을 내찌르지 못하고 조그마한 목소리로 말했다.

"사부님, 제가 지금 이자를 찌르면 세간에서 사부님을 비겁하다고 욕하지 않을까 걱정돼요."

"흥! 그럴 일은 없으니 걱정 말아라! 어차피 이 녀석은 내가 한번 죽인 것이나 다름없는데, 네가 이 사부를 무시하고 살려준 것이 아니냐? 그러니 네가 그 매듭을 짓는다면 오히려 세상은 너의 잘못을 묻지 않을 것이다!"

여기까지 말하고 나자 매지향은 앞머리가 급속도로 탈색되면서 새하얗게 변해 버렸다.

이제는 소담화도 더 이상 핑곗거리를 댈 수가 없었다. 그녀는 심장이 조여지는 것만 같았다.

'도대체 나는 왜 이렇게 망설이는 걸까? 왜 이자에게만큼은 냉정하지 못한 거지? 사부님의 말씀은 틀림이 없는데… 어째서……?'

그녀가 갈등하자 매지향이 또다시 날카롭게 소리쳤다.

"화야! 뭐하느냐? 어서!"

이제 매지향은 눈가에 주름까지 생겼다.

소담화는 두 눈을 질끈 감았다. 그리고 곧장 검을 내찌르는데,

"비겁하기 짝이 없군!"

매지향의 등 뒤에서 서요평이 불쑥 튀어나오더니 일검을 내찔러 왔다.

찰나, 진양은 매지향의 기운이 약해지는 것을 느끼고 자신도 얼른 공력을 거두면서 물러나 소담화의 예봉을 피했다.

쉬익!

두 눈마저 질끈 감고 내지른 소담화의 검은 결국 진양을 베지 못하고 허공만 베어냈다.

반면 공력을 먼저 거두었던 매지향은 가벼운 내상을 입을 수밖에 없었다. 그런 와중에 등 뒤에서 급습한 서요평을 부채로 막아내려고 하니 다리가 후들거리고 손끝이 떨려왔다.

찰나, 서요평이 검을 열십자로 후리며 매지향을 파고들었다.

카창!

순간 매지향은 손아귀가 찢어질 듯 아파 저도 모르게 부채를 놓치고 말았다. 동시에 그녀는 반탄력을 이기지 못해 양팔을 활짝 펼치고 말았다.

쉬이잇!

그 틈을 이용해서 서요평이 재빨리 손을 뻗어왔다. 매지향은 몸을 뒤로 눕히면서 발을 뻗었다.

하지만 이 역시 예상한 서요평은 가볍게 몸을 비틀며 피했다. 그녀는 이제 더 이상 서요평의 공격을 막아낼 수 없음을 깨달았다.

이제 서요평의 일장이 가슴을 치는 순간 숨이 끊어지고 말리라.

털썩!

매지향이 바닥에 드러누웠다.

그런데 그 순간,

물컹!

매지향은 온몸에 소름이 끼치면서 눈을 번쩍 떴다. 그녀의 위에서 서요평이 멋쩍은 듯 히죽 웃으며 말했다.

"고의는 아니오."

서요평의 손이 매지향의 부드러운 가슴을 움켜쥐고 있는 것이 아닌가?

"이… 이 미친……!"

매지향은 당혹감과 함께 얼굴이 발갛게 달아올랐다.

그녀가 수치심으로 전신을 부르르 떠는데, 서요평이 재빨리 매지향의 가슴팍을 뒤지더니 약병 두 개를 가지고 훌쩍 물러났다.

서요평이 다시 한 번 웃으며 말했다.

"킬킬! 그러게 왜 그리 꽁꽁 숨긴 거요? 어쩔 수 없었으니 서로 이해합시다!"

"이 죽일 놈!"

"이크!"

매지향이 벌떡 일어나자 서요평이 얼른 어깨를 움츠리더니 안개 너머로 훌쩍 사라졌다.

매지향은 바닥을 둘러보다가 근처에 떨어져 있는 검과 부채를 집어 들고는 서요평이 사라진 방향으로 달렸다.

하지만 안개가 자욱한데다 서요평의 경신법이 워낙 빨라서 그의 뒷모습조차도 볼 수가 없었다.

매지향이 눈을 질끈 감고 분을 삭이고 있는데, 안개 속 어디선가 진양과 소담화의 대화 소리가 들려왔다.

"목숨을 구해줘서 고맙소, 소 낭자."

진양의 사례에 소담화의 목소리가 이어졌다.

"흥! 오해하지 말아요! 전 당신을 죽이려고 했어요!"

"하지만 그러지 않았잖소?"

"만약 서요평이 나타나지 않았다면 전 아마 당신을 찔렀을 거예요. 그때 당신은 공력 대결을 펼치고 있었으니 틀림없이 죽었을 거예요."

"어차피 한 번 죽었던 목숨이니 소 낭자가 거둔다고 해도 나는 할 말이 없었을 거요."

진양의 진지한 말투를 끝으로 잠시 침묵이 이어졌다.

잠시 후 소담화가 짐짓 냉랭한 투로 말했다.

하지만 그녀의 목소리는 어딘지 들뜬 듯했고, 얼핏 교태로운 느낌마저 들었다.

"흥! 죽은 사람이 어떻게 말을 하겠어요? 당연히 그때 죽으면 당신이 말을 할 수는 없겠죠."

"하하하! 그도 그렇구려!"

진양이 호쾌하게 웃었다.

매지향은 안개 속에서 이들의 대화를 가만히 듣다 보니 점점 부아가 치밀어 올랐다.

'이 어린것들이 나를 기만하는구나! 화야, 내가 너를 그리 예뻐했건만! 감히 네가 내 말을 무시해?'

매지향은 머리끝까지 화가 났지만 애써 눌러 참으며 가만히 이야기를 엿들었다.

잠시 후 소담화가 한숨을 내쉬더니 말했다.

"당신은 정말 바보 같군요."

"음? 왜 그렇소?"

"나는 당신을 죽이려고 했는데, 지금은 태연히 이렇게 이야기하고 있으니까요."

"하지만 낭자는 날 죽이지 않았잖소. 오히려 구해주었지요. 생명의 은인과 대화를 나누는 것이 무엇이 문제요?"

"사부님이 돌아와서 내게 당신을 죽이라고 한다면……."

"한다면……?"

"전… 전 정말 모르겠어요. 어떻게 해야 할지. 전 당신이 이상해요."

"뭐가 이상하단 말이오?"

"아까처럼 크게 웃으면 사부님이 금방 당신이 있는 곳을 알고 올 텐데……."

"매 선배님은 지금 사상이괴 선배들을 뒤쫓아갔으니 당분간 여긴 안전할 거요."

"그럼 사상이괴가 위험할 텐데 도와주지 않을 건가요?"

"그분들은 내가 나서는 것을 오히려 싫어할 거요. 게다가 지금 매 선배님은 아까 공력 대결에서 먼저 힘을 거두시는 바람에 내상을 입었을 겁니다. 그러니 사상이괴 선배님들보다 오히려 매 선배님을 걱정해야 할 것이오. 게다가 서요평 선배님은 예전보다 더 강해지셨소."

매지향은 진양의 이야기를 들으며 가만히 고개를 끄덕였다.

확실히 조금 전 서요평과 잠깐 겨루었을 때 그의 무공이 진일보했음을 느꼈던 것이다. 만약 이대로 자신이 서요평을 쫓아갔다고 한들 약병을 되찾아오거나 상대를 어쩌지는 못했을 것이다.

진양의 말대로 그녀는 현재 내상을 입은 상태여서 온전한 힘을 쓸 수가 없었다.

만약 지금 달려가서 진양을 공격한다면 자칫 자신이 당할 위험도 있었다. 그렇다고 소담화에게 공격하라고 명했다간 또 우유부단하게 망설일 것이 빤했다.

'이 일이 끝나면 화에게 따끔하게 야단을 쳐야겠구나! 어리석은 것 같으니!'

매지향은 한껏 인기척을 죽이고 천천히 움직였다. 진양과 소담화가 이야기를 나누는 동안 배후로 돌아가서 부지불식간에 기습을 가할 작정이었다.

하지만 진양과 소담화는 매지향이 가까이 있다는 사실도 모른 채 대화를 나누는 데 여념이 없었다.

소담화가 물었다.

"당신은 왜 이곳에 왔나요?"

"매 선배님이 이곳에서 만나자고 서신을 남긴 것이 아니었소?"

"맞아요. 하지만 사부님은 당신을 죽이고 싶어하세요. 그걸 알면서도 왜 왔냐는 거예요."

"약속을 했으니 지키고자 했을 뿐이오."

"차라리 당신은 멀리 도망을 갔어야 해요."

"도망간다고 해서 달라지는 건 아무것도 없소. 언젠간 닥칠 일이오. 하지만 나를 걱정해 줘서 고맙게 생각하오, 낭자."

그러자 소담화가 당황한 듯 말을 더듬었다.

"누, 누가 당신을 걱정했다고 그래요? 전, 전 당신이 그저… 너무 바보 같아서… 한심해서……."

"하하! 어쨌든 고맙소."

"정말 당신은 바보 같군요."

그 순간, 매지향이 안개를 뚫으며 화살처럼 달려나갔다.

쒜에엑!

진양은 등 뒤에서 섬뜩한 예기를 느끼고는 얼른 몸을 돌리며 수호필을 후려쳤다.

부웅—!

이미 진양의 반응을 예상했던 매지향은 몸을 낮게 숙이며 수호필을 피했다. 이어서 그녀는 곧장 검을 내지르며 진양의 가슴을 노렸다.

"헉!"

갑작스런 공격에 진양이 당황하며 뒤로 물러났다.

피츄웃!

가슴팍의 옷깃이 찢어지며 핏방울이 튀어 올랐다. 뒤미처 매지향의 부채가 활짝 펼쳐지더니 진양의 복부를 가로로 후렸다. 그 일련의 행동이 그야말로 번개처럼 빠르고 신속해서 도저히 눈으로 보기도 힘들 정도였다.

촤아악!

부채의 모서리가 마치 칼날처럼 진양의 아랫배를 찢어갔다. 이번에는 아까보다 많은 피가 튀어 올랐다. 진양이 얼른 비틀거리며 서너 걸음 물러났다.

마지막으로 매지향은 오른손에 든 검을 집어 던졌다.

진양이 고개를 숙이며 피하는 동안 매지향이 쏜살처럼 달려나가 손가락을 곧게 펴고 내질렀다.

이를 본 소담화가 저도 모르게 불쑥 나서며 소리쳤다.

"사부님! 안 돼요!"

하지만 매지향의 귀에는 아무런 소리도 들리지 않는 듯했다. 시퍼렇게 물든 그녀의 손은 곧장 진양의 옆구리를 향해 날아갔다.

이미 두 번이나 살이 베였던 진양은 독기가 몸에 흐르면서 움직임이 용의치 않았다.

순간 소담화가 바닥을 박차며 몸을 내던졌다.

푸욱!

"아악!"

옷이 찢어지는 소리와 함께 끔찍한 파육음이 들렸다. 이어서 소담화의 날카로운 비명 소리가 고막을 찔렀다.

진양은 두 눈을 휘둥그렇게 뜨고 바로 앞에서 매지향의 독수를 막아낸 소담화의 뒷모습을 바라보았다.

정확히 말하자면 막아낸 것이 아니라 진양 대신 몸을 던져 맞은 것이다.

시퍼런 독 기운을 품은 매지향의 오른손은 소담화의 옆구리에 꽂혀 있었다.

매지향이 두 눈을 찢어질 듯 부릅떴다.

"화, 화야! 너… 너……!"

소담화가 부들부들 떨며 매지향의 손을 부여잡았다.

"사부님, 이제 그만… 애증의 고통에서 벗어나세…요……."

"네, 네가 지금 무슨 말을 하는 것이냐? 네가… 네가 왜 내 독수를 받아서… 네가 왜……!"

소담화의 얼굴이 하얗게 질려가고 있었다. 그녀의 보드라운 뺨에 눈물 줄기가 주룩 흘러내렸다.

"저도… 모르겠어요. 그냥… 이자를 보면… 마음이 복잡해져서··· 저도 모르게······."

"이런··· 바보 같은······."

매지향은 당황한 표정이 역력해져서 손을 뽑아내고는 뒤로 주춤 물러났다.

소담화는 더 이상 서 있을 힘이 없어 그대로 털썩 주저앉고 말았다. 그녀가 울컥 토를 하자 입에서 핏덩이가 쏟아져 나왔다.

매지향은 주저앉은 그녀 너머로 당황한 채 서 있는 진양의 얼굴을 보았다. 그의 얼굴을 보자 다시금 분노가 치솟아올랐다.

"네놈 때문에··· 네놈 때문에······!"

진양은 소담화를 보다가 매지향의 목소리를 듣고 고개를 들었다.

매지향의 두 눈은 불덩이를 삼킨 듯 벌겋게 충혈되어 있었다.

그녀의 울분이 고스란히 느껴지는 듯했다.

예전의 진양이었다면 그런 매지향을 보고 차갑게 힐난했을 터이다. 이번에도 남의 탓으로 돌리면서 스스로를 외면한다고 말했을 것이다.

하지만 지금 그녀의 모습을 보고 있자니 진양은 어쩐지 측은한 마음마저 들었다.

모든 번뇌와 분노, 광기를 홀로 뒤집어쓴 듯한 그녀의 모습이 애처롭기까지 했다.

진양이 한숨을 내쉬며 말했다.

"선배님, 모든 번뇌는 마음에서 우러나온다고 했습니다. 마음을 가라앉히시고 우선 몸을 좀 다스리시지요. 소 낭자를 빨리 옮겨서 치료해야겠습니다."

"닥쳐라! 이 모든 것이 너 때문이다! 번뇌가 마음에서 우러나온다고? 내 마음에 그 번뇌를 심은 것이 너란 놈이다! 그래서 내가 진작 널 죽이려고 한 것이다!"

매지향은 다짜고짜 부채를 휘두르며 진양을 공격하기 시작했다.

진양이 얼른 몸을 피하면서 소리쳤다.

"선배님, 이럴 시간이 없습니다! 어서 소 낭자를 구해야 하지 않겠습니까?"

그의 말에 매지향은 쓰러져 있는 소담화를 힐끗 보았다. 이제 소담화는 기력이 완전히 쇠진해서 숨만 가까스로 내쉬고 있었다.

물론 자신의 제자였던 만큼 독기에 대한 내성이 강하기에 당장 생명이 위험하지는 않을 터다.

하지만 옆구리에 깊은 상처를 입어 출혈이 심하니 응급처치만큼은 빨리 해야 할 필요가 있었다.

매지향은 그녀를 보자 마음이 아프면서도 이 모든 것이 진양 때문이라는 생각에 더욱 노기가 치솟았다. 그리고 그 노기는 광기와 독기의 형태로 표출됐다.

"흥! 제 사부를 기만하고 쓸데없는 감정에 허우적거린 대가다. 참 꼴좋군! 내가 저 아이를 이미 마음에서 지웠으니 저대로 죽든 말든 알 바 아니다!"

"선배님, 다시 한 번 생각해 보십시오. 지금 선배님은 마음을 추스르지 못해 진심을 외면하는 것입니다."

"닥쳐라! 네가 나를 가르칠 생각이더냐?"

매지향은 더욱 매섭게 공세를 이어나갔다.

진양은 조금 전 부채에 살이 찢기면서 미약하게나마 중독되었기에 시간이 갈수록 움직임이 둔해지고 있었다. 만약 이대로 계속 싸우게 된다면 정말로 소담화와 함께 저승의 길동무가 될 수도 있는 절박한 상황이었다.

그때였다.

"십지독녀 매 선배는 멈추시오!"

한 중년 남성의 목소리가 대별산 정상에 쩌렁쩌렁 울렸다. 그러더니 안개를 뚫고 은륜 세 개가 빠르게 날아들었다.

정신없이 공격을 퍼붓던 매지향은 황급히 몸을 물리며 날아드는 은륜을 부챗살을 펼쳐 막아냈다.

따당! 땅!

은륜이 부챗살에 부딪치자 허공을 크게 선회하며 되돌아갔다.

"누구냐?"

매지향이 날카롭게 소리치자, 안개 속에서 한 중년인이 걸어왔다.

반듯한 인상의 중년인이었는데, 바로 접선선생 전학수였다.

그가 부채를 활짝 펼치더니 천천히 부채질을 하며 말했다.

"안녕하십니까? 접선입니다. 부채라면 저도 좀 가지고 놀지요."

매지향이 눈살을 찌푸렸다.

그녀는 눈알을 좌우로 굴리더니 차갑게 비웃었다.

"흥! 혼자가 아니군."

"과연 매 선배님이시군요."

전학수가 빙그레 웃자, 기다렸다는 듯 안개 속에서 사람들의 모습이 조금씩 드러나기 시작했다.

동쪽에서는 무이오도가 모습을 드러냈고, 서쪽에서는 진승이, 북쪽에서는 죽반승이 나타났다.

북쪽에서 선장을 짚으며 나타난 죽반승은 대머리를 긁적이며 말했다.

"노승은 혼자다. 왜냐하면 나는 나니까. 나는 여러 명이 될 수 없어. 하지만 세상에는 노승이 많다. 그러니까 노승은 혼자가 아니다. 하지만 노승은 나니까 혼자다."

그가 여전히 알아듣기 힘든 말을 쉴 새 없이 중얼거렸다.

매지향은 그를 무시한 채 전학수를 바라보았다.

"지금 나를 상대하기 위해 여럿이서 덤비겠다는 것인가? 세상이 알면 그대들을 비웃겠군."

"흥! 매 선배께서는 이미 세상의 원망을 들을 만한 일을 하고 계시지 않소? 양 관주를 이렇듯 해하고 있으니, 앞으로 어딜 가든 당신은 모든 사파인들의 원수가 될 것이오."

매지향이 눈알을 굴려 힘겹게 서 있는 진양을 바라보았다.

"이 녀석이 그렇게 대단한 인물이라는 건가?"

"매 선배가 함부로 대해서는 안 될 분이라는 것만은 확실하오."

"그래서 지금 나를 방해하겠다고?"

"만약 관주님을 해할 생각이라면, 그전에 우리부터 상대해야 할 것이오. 또한 이곳 아래에 학림관의 무인들이 대다수 포진하고 있으니 무사히 빠져나가긴 힘들 거요."

그때 진양이 힘겹게 입을 열었다.

"매 선배를 이대로 보내면 안 됩니다. 소 낭자를 치료하게 해야 합니다."

그러자 매지향이 깔깔거리며 웃었다.

"호호호! 네깟 놈들이 감히 나를 생포해? 어림없는 소리지!"

말을 마친 매지향이 바닥을 박차더니 질풍처럼 전학수를 향해 질주했다.

전학수가 순간 뒤로 물러나며 몸을 팽이처럼 팽그르르 회전시켰다. 동시에 부채를 활짝 펼치자, 은륜 열 개가 '씽!' 소리를 내며 날아갔다.

매지향은 얼른 부채를 휘둘렀는데, 그녀가 부채를 한 번 펼쳤다가 접으니 날아드는 은륜이 모두 부챗살 사이에 끼워지며 감춰졌다.

이 귀신같은 손놀림에 깜짝 놀란 전학수가 두 눈을 부릅떴다.

그때 매지향의 등 뒤에서 '후웅!' 하는 파공음이 들리더니 어느새 허공 높이 뛰어오른 죽반승이 선장을 후리며 떨어져 내렸다.

매지향이 발끝으로 땅을 툭 차고 날아오르자, 죽반승의 선장은 비어 있는 바닥을 거세게 후려쳤다.

꽈장!

그 힘이 어찌나 센지 대별산 정상이 송두리째 흔들리는 듯했다.

움푹 파인 바닥에서 자갈과 흙 따위의 파편이 사면팔방으로 튀어 올랐다.

매지향은 다시 부채를 활짝 펼쳐 날아드는 파편을 쳐냈다. 그와 동시에 부챗살 사이에 끼워져 있던 은륜이 사면팔방으로 흩어지며 날아들었다.

죽반승에 이어 달려들던 자들은 바로 무이오도였다. 그들은 선장에 튕겨 나간 파편들을 막아내고, 또 매지향이 흩뿌린 은륜을 쳐내느라 제대로 공격을 하는 것도 벅차 보였다.

사도귀가 신경질적으로 소리쳤다.

"이 멍청한 죽반승!"

그러는 사이 진승이 얼른 진양에게 달려가 그의 상처를 살폈다.

독공을 익힌 그로서는 결코 매지향의 상대가 될 수 없었다. 대신 독에 당한 진양의 상처를 살피기에는 그보다 적합한 자도 없었다.

매지향은 그 틈을 타서 재빨리 몸을 날렸다. 사위가 안개로 휩싸여 있었기에 이 혼란한 틈에 그녀가 몸을 빼내는 것은 그리 어려운 일이 아니었다.

이미 가벼운 내상을 입은 그녀였기에 싸움이 길어진다고 해서 좋아질 것은 하등없었다.

전학수가 얼른 소리쳤다.

"십지독녀가 도망친다!"

그가 매지향을 쫓아서 달려가자 무이오도와 죽반승이 그 뒤를 따랐다.

진양은 정상이 잠잠해진 것을 보고 이미 매지향이 멀찍이 달아났으리라 짐작했다.

그가 진승을 보며 물었다.

"그런데 어찌 알고 여기에 오셨소?"

"사상이협 선배님들이 돌아와서 말씀해 주셨습니다. 정상에서 관주님이 십지독녀와 함께 있다고요."

"그분들은 지금 어떻소?"

"저희는 그 이야기를 들은 직후 유 총관님의 지시에 따라 곧장 올라온지라 잘 모르겠습니다."

진승은 사상이괴가 돌아오자마자 그 사실을 알리곤 곧장 자신들의 방으로 들어갔노라고 설명했다. 그리고 마침 흑표는 마을에 볼일이 있어 내려간 후였기에 이곳에 오지 못했노라고 전했다.

대략의 이야기를 들은 진양이 고개를 끄덕였다.

"그랬군. 우선 나보다는 저기 쓰러진 소 낭자의 상처부터 봐주시오. 나보다 그녀가 훨씬 많이 다쳤으니."

"알겠습니다, 관주님."

진승은 얼른 소담화에게 다가갔다.

그는 소담화의 상처를 보고는 흠칫 떨었다. 옆구리에 난 다

애증의 고통 101

섯 개의 구멍에서 끊임없이 피가 흘러나오고 있었다.

그가 가만히 보니 소담화는 독기에 대한 내성이 강한 듯한
데, 문제는 직접적으로 당한 상처와 지나친 출혈이었다.

"이건… 정말 심각하군. 심각해."

그가 혼잣말처럼 중얼거리더니 옆에 쪼그려 앉으며 물었
다.

"낭자, 운기를 할 수 있겠소?"

소담화는 눈을 게슴츠레 뜨고는 진승을 보았다.

그녀가 차갑게 말했다.

"제 몸에 손가락 하나라도 댔다간 그 손을 평생 못 쓰게 만
들어주겠어요."

진승이 어깨를 움츠리며 휘파람을 불었다.

"아무래도 그건 다음에 해야겠소. 손가락 하나도 안 댔다
간 낭자가 손가락 하나도 움직이지 못하게 생겼으니까."

그러더니 진승은 그녀가 뭐라고 말도 하기 전에 재빨리 손
을 뻗었다.

탓탓탁!

순식간에 소담화의 혈도를 점해 출혈을 막은 것이다. 그녀
가 뭐라고 말하려 입을 여는데, 진승이 재빨리 그녀의 아혈마
저 점했다.

"말은 아끼시는 게 좋겠소. 원망은 나중에 들읍시다."

그러고는 진양에게 다시 다가갔다.

"우선 응급처치는 했습니다만, 빨리 안전한 곳으로 옮겨 치료해야 할 듯합니다."

진양이 빙그레 웃으며 말했다.

"여자를 잘 다루시는군요."

"하하, 제 매력이 좀 치명적이긴 하지요."

그때 산 아래에서 익숙한 목소리가 들렸다.

"관주님! 어디 계십니까?"

진양과 진승은 서로를 보며 피식 웃었다.

바로 흑표의 목소리였던 것이다.

진양이 관주가 되고 나서 흑표 역시 정식으로 학립관의 무인으로 자리 잡게 되자 호칭도 자연스럽게 바뀐 것이다.

진승이 소리쳐 불렀다.

"형님! 여깁니다! 관주님은 무사하십니다!"

그러자 안개 속을 뚫고 흑표가 바람처럼 달려왔다.

그는 잔뜩 경직된 얼굴로 진양을 내려다보며 다그쳐 물었다.

"어찌 된 겁니까? 괜찮으신지요?"

"괜찮습니다. 자세한 것은 내려가서 이야기하지요."

진양의 대답에 흑표는 그저 걱정 서린 얼굴로 고개만 끄덕였다.

진승이 소담화에게 걸어가며 말했다.

"형님, 그럼 관주님을 부탁드리겠습니다. 저는 여기 또 환자가 있어서……."

흑표는 아무 말도 없이 진양을 안아 들었다.

진양이 괜히 염치가 없어 말했다.

"죄송합니다."

"그런 말씀 마십시오."

흑표는 특유의 무뚝뚝한 말투를 내뱉고는 묵묵히 산을 내려가기 시작했다. 그 뒤를 진승이 소담화를 안아 든 채 따랐다.

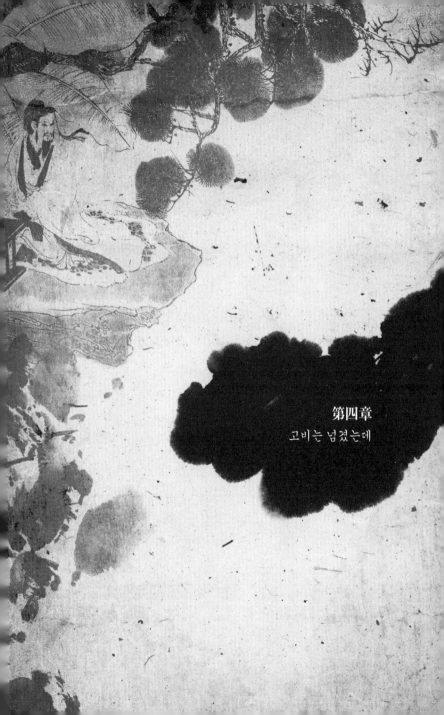

第四章
고비는 넘겼는데

진양과 소담화는 같은 침실로 옮겨진 뒤 바로 응급치료를 받기 시작했다. 유설은 그가 돌아오자 대문까지 달려와 눈물을 글썽였다.

진양과 소담화의 치료는 주로 진승이 도맡았는데, 독공에 대해서는 그가 가장 해박한 지식을 가지고 있었기 때문이다.

일단의 위기를 넘긴 진양과 소담화는 침상에 누워 안정을 취하고 있었다.

잠시 후 방문이 열리며 매지향을 쫓아갔던 전학수가 돌아왔다.

진양이 그를 보고 몸을 일으키자, 전학수가 얼른 손사래 치며 말했다.

"그냥 편히 누워 계십시오, 관주님."

"매 선배님은 어찌 됐소?"

진양이 묻자 전학수가 면목없는 표정으로 고개를 숙였다.

"놓치고 말았습니다. 죄송합니다."

진양이 씁쓸히 웃으며 고개를 저었다.

"아니오. 그분이 쉽게 잡힐 리가 없지요. 고생 많으셨소."

"몸은 좀 어떠십니까?"

"괜찮소. 걱정 마시오."

그때쯤 서서히 의식을 회복한 소담화가 눈을 게슴츠레 떴다. 그녀는 고개를 돌려 주위를 살펴보더니 곧 몸을 일으켰다.

하지만 금방 어지럼증을 느끼고는 다시 털썩 드러누워 버렸다.

이를 본 진승이 얼른 그녀에게 말했다.

"당분간 어지러울 것이오. 그래도 독에 대한 내성이 강해서 다행이오."

소담화는 진승을 힐끗 보더니 차갑게 말했다.

"제 몸에 대해서는 제가 잘 알아요. 그보다 여긴 어디죠?"

시종 쌀쌀맞은 그녀의 태도에 진승도 기분이 언짢았는지

눈살을 찌푸리며 대꾸했다.

"여긴 학림관이오. 저기 계신 관주님의 명만 아니었다면 그 봉우리에서 당신이 죽든 말든 내버려 뒀을 거요. 조금은 고마워하시오."

소담화는 고개를 돌려 진양을 흘깃 바라보았다.

그러다가 문득 진양의 침상 곁에 아리따운 여인이 앉아 있는 것이 눈에 들어왔다.

그녀는 바로 유설이었다.

소담화는 일전에도 그녀를 본 적이 있지만, 당시의 유설은 비교적 초췌한 모습이었다.

한데 이렇게 단정하게 차려입은 평상시 모습을 보고 있으니, 그야말로 눈이 부시도록 아름답다는 표현이 딱 어울렸다.

소담화는 저도 모르게 진양과 유설이 잘 어울리는 한 쌍이라는 생각이 들었다. 그와 동시에 알 수 없는 질투심이 마음 깊은 곳에서 꿈틀거리기 시작했다.

기분이 상한 그녀는 시선을 휙 거두고는 차갑게 말했다.

"흥! 누가 도와달라고 했나?"

진승은 소담화를 보면서 혀를 차고는 고개를 저었다.

도저히 말이 통할 것 같지가 않았던 것이다.

그때 문이 열리면서 사상이괴가 불쑥 들어왔다. 서요평은 주위를 두리번거리더니 진양을 보고는 다가왔다.

"자네, 살아 있었군. 그 악녀는 어찌 됐나? 설마 죽이지는 않았겠지?"

"예, 그분은 살아 계십니다."

진양이 웃으며 답하자 서요평이 가슴을 쓸어내리며 중얼거렸다.

"그랬군. 다행이야. 하면 그 악녀는 지금 어디 있는가?"

"저도 모르겠습니다."

"뭣이? 그게 무슨 말인가? 자네가 그녀를 제압한 것이 아니란 말인가?"

"그분은 당장의 화를 피해 어디론가 달아났습니다. 저는 그분을 쫓지 못했구요."

"이런! 그게 정말인가?"

서요평이 탄식을 터뜨리며 안타까워했다.

진양이 고개를 갸웃거리고는 물었다.

"선배님은 그분에게서 해독약을 가져가지 않았습니까? 왜 지금도 그분을 찾으시는지요?"

서요평이 침울한 표정으로 대꾸했다.

"해독약을 가져오긴 했지. 한데……."

말끝을 흐린 서요평이 약병 두 개를 꺼내 보였다.

"그 악녀에게 약병이 두 개가 있더군. 한데 이것이 해독약인지 아닌지도 잘 모르겠거니와 어떤 것이 운지의 해독약인지도 알 방법이 없어서 그렇다네."

진양이 보니 과연 약병이 두 개였다.

겉으로 보기에 크기와 모양은 비슷했는데 마개를 열어보니 서로 다른 약향이 풍겨 나왔다.

진양이 진승을 불러 물었다.

"이 두 가지 약병 중에서 어떤 것이 서운지 선배의 해독약인지 아시겠소?"

하지만 진승도 자신이 없는 표정이었다.

"아무래도 연구를 해봐야겠는데……."

그러자 서요평이 발끈해서 소리쳤다.

"약물도 얼마 없는데 이걸 가지고 연구했다간 모조리 증발해 버리고 말겠다!"

"잠시만 기다려 주십시오. 어쩌면 소 낭자가 알고 있을지도 모르겠습니다."

진승의 말에 진양이 몸을 일으켰다.

"그럼 내 직접 물어보지. 나를 좀 부축해 주시오."

진승과 흑표가 얼른 양옆으로 와서 진양을 부축해 주었다.

진양과 서요평이 함께 소담화에게 다가갔다.

그때까지 소담화는 시선을 돌리고 진양을 애써 외면하고 있었다.

진양이 부드러운 어조로 물었다.

"낭자, 이 두 가지 약병이 각각 어디에 쓰이는지 알 수 있겠소? 무엇보다 낭자가 지금 위독하니 해독약을 복용해야 하지 않겠소?"

진양의 마지막 말에 소담화의 눈빛이 흔들렸다.

그녀는 마지못한 듯 시선을 돌려 진양의 손에 들린 약병 두 개를 바라보았다.

"그중에 절 치료할 수 있는 해독약은 없어요."

"그게 정말이오? 그럼 낭자의 독상은 어찌 치료해야 하오?"

"제 독상은 완치할 수 없어요. 다만 진행을 느리게 할 방법만 알 뿐이에요."

진양은 착잡한 표정으로 고개를 떨어뜨리고 말았다.

자신 때문에 죽게 된 여인 앞에서 다른 사람을 살릴 해독약이 무엇인지 물어보기가 면목이 없었던 것이다.

그 심정을 읽기라도 했는지 소담화가 툭 던지듯 말했다.

"오른손에 든 것은 사상이괴가 복용하면 될 거예요. 그리고 왼손에 든 것은 당신이… 당신의 독상을 치료할 수 있을 거예요."

그녀의 말에 서요평은 귀가 번쩍 틔었다.

"낭자! 그게 정말인가? 혹 우리를 속이려고 거짓말을 하는 것은 아니겠지?"

"흥! 믿기 싫음 전부 버리면 될 것 아닌가요?"

"아닐세, 아니야. 어차피 지금 내 아우는 시간이 없는 판이니 한번 믿어보지. 감사 인사는 운지가 기운을 차리면 그때 정식으로 하겠네."

말을 마친 서요평은 뒤도 돌아보지 않고 진양의 오른손에서 약병을 낚아채어 달려갔다.

진양은 왼손에 든 약병을 내려다보며 착잡한 심정으로 물었다.

"이 약병으로 낭자의 독상은 치료할 수 없소?"

"안 된다고 했잖아요. 사부님이 하나의 독만 쓰는 줄 아세요? 그분은 수십 가지의 독을 다루시는 분이에요. 제가 당한 독과 당신이 당한 독은 전혀 다른 독이라구요."

말을 하던 도중에 그녀는 진승을 흘깃 보았다.

진승은 무슨 생각을 하는지 복잡한 표정으로 입을 꾹 다물고만 있었다.

소담화가 쏘아붙이듯 말했다.

"만약 같은 독이라고 한들 약병은 하나밖에 없는데 당신이… 당신이 절 위해 그 해독약을 줄 리가 있겠어요?"

그러자 진양이 단호한 어조로 대답했다.

"만약 이 약물로 낭자의 독상을 치료할 수 있다면 나는 기필코 낭자께 이 해독약을 주겠소. 진심이오."

그 말에 진승의 낯빛이 흔들렸다.

소담화도 마찬가지였다. 그녀는 떨리는 눈동자로 진양을 바라보았다.

"지금 그 말… 진심으로 하는 소린가요?"

"물론이오."

소담화의 표정이 복잡하게 변했다.

언뜻 편안하고도 행복한 표정이 되는가 하면, 씁쓸하고도 슬픈 기색이 서리기도 했다.

하지만 이러한 반응은 다른 사람이 읽어내기에는 매우 미묘한 변화였으므로 주위의 누구도 쉽게 눈치챌 수가 없었다.

소담화가 한숨을 내쉬며 말했다.

"하지만 그 약을 제가 먹으면 전 더욱 독상이 심해져서 사흘 안에 죽고 말 거예요. 혹시 당신은 절 죽이고 싶은 건가요? 그렇다면 지금 당장 자결해 드리죠. 어차피 독상을 당한 몸이니 제가 십 년을 살겠어요, 이십 년을 살겠어요?"

그녀가 갈수록 표독스럽게 말하자, 진양이 얼른 손을 내저었다.

"무슨 그런 말씀을 하시오. 그런 것이 아니라……."

"그런 것이 아니면요? 혹시 당신도 내 말을 믿지 못하는 건가요?"

"천만에! 그런 생각은 하지 않소. 낭자는 내 목숨을 구해준 은인이 아니오?"

"흥! 그럼 왜 그 약을 바로 먹지 못하는 거죠? 역시 내 말을 믿지 못하니까 그런 거지!"

"절대 그렇지 않소. 나는 그저… 낭자가 날 위해 두 번이나 나서주었는데, 이번에도 혼자 해독약을 복용하기는 너무 염치가 없어서……."

"거짓말! 당신은 내 말을 믿지 못하는 것이 뻔해! 그 약을 먹으면 죽을 거라고 생각하고 있겠지!"

"정말 아니오. 어떻게 하면 내 말을 믿겠소?"

"그럼 그 약을 먹어봐요. 내 말을 믿는다면 당신에게도 좋은 일인데 먹지 못할 것은 없잖아요? 물론 내가 당신을 죽일 작정이라고 믿는다면 먹지 않아도 좋아요."

"알겠소. 그럼 내 단숨에 이 약을 입안에 털어 넣지."

진양은 약병의 마개를 뽑아내더니 정말로 한순간의 망설임도 없이 입 안에 약물을 털어 넣었다.

누군가 말릴 겨를도 없을 만큼 순식간에 일어난 일이었다.

그가 약물을 꿀꺽 삼키자 뱃속에서부터 뜨거운 기운이 전신으로 퍼지기 시작했다.

그 기운이 어찌나 뜨거운지 진양은 마치 내장에 화상을 입은 것처럼 고통스러웠지만, 얼굴이 발갛게 물들면서도 겉으로 내색하진 않았다.

"끄음."

그가 한차례 신음을 흘리자, 주위 사람들은 잔뜩 긴장한 표정으로 지켜보았다.

진양은 도저히 서 있을 수가 없어 얼른 바닥에 철퍼덕 주저앉았다.

그리고 가부좌를 튼 채 운기행공에 들어갔다.

시간이 지날수록 진양의 얼굴은 붉으락푸르락 변화를 거듭했다.

사람의 얼굴이 푸르게 변했다가 붉게 변하길 반복하니, 주위 사람들은 좌불안석이 돼서 어쩔 줄을 몰랐다.

"쿨럭! 쿨럭!"

진양이 갑자기 기침을 내뱉자, 시커먼 핏덩이가 입 밖으로 튀어나왔다.

지켜보던 전학수가 깜짝 놀라며 소담화를 노려보았다.

"네 이년! 관주님이 마신 독이 무엇이냐?"

하지만 소담화는 전학수를 돌아보고 코웃음 치더니 이내 시선을 외면해 버리고 말았다.

"이 쳐죽일 잡년이!"

전학수가 정말로 일수에 쳐죽일 듯 쥘부채를 한껏 치켜들었다.

그때 진승이 얼른 손을 들어 그를 제지했다.

"잠시 기다려 주시오, 전 형."

"끄음."

독에 대해서 그나마 제일 잘 아는 진승의 말이니 전학수도 우선 노기를 억누르며 손을 내렸다.

그런데 시간이 좀 더 지나니 진양의 얼굴색이 점점 편안하게 바뀌고 있었다. 뿐만 아니라 거칠게 몰아쉬던 호흡도 점차 안정이 되고 혈색도 돌아오는 것이 아닌가.

모두가 긴장해서 지켜보는 가운데 진양이 천천히 눈을 떴다.

누가 먼저랄 것도 없이 주위 사람들이 진양에게 물었다.

"괜찮으십니까, 관주님?"

진양이 심호흡을 하고 나서는 빙그레 웃으며 소담화를 바라보았다.

"이제 됐소? 나는 낭자의 말을 전적으로 믿었소. 과연 십지독녀 선배님은 독공도 우수하고 해독약의 효력도 뛰어나구려. 이렇게 빨리 호전될 줄은 몰랐소."

소담화 역시 다소 긴장을 하고 있었던지 진양이 부드럽게 말을 건네 오자 비로소 긴 한숨을 내쉬었다.

"앞으로… 사흘 동안은 정해진 시간에 운기조식을 하는 것이 좋을 거예요. 그럼 더 빨리 나을 수 있을 테니까."

"정말 고맙소, 낭자."

소담화는 시선을 돌려 창밖을 바라보았다.

그녀가 모기처럼 가는 목소리로 대답했다.

"당신이 그 약을 마셔서… 다행이에요."

진양은 소담화의 말을 들으며 흠칫 떨었다.

그녀의 목소리가 분명히 울먹임으로 젖어 있었던 것이다.

그제야 진양은 뭔가 이상하다는 것을 눈치채고는 소담화를 바라보았다. 창밖을 응시하는 소담화의 두 뺨에는 눈물이 기다란 선을 그으며 흘러내리고 있었다.

진양이 주위 사람들을 둘러보니, 진승만이 뭔가를 알고 있는 눈치였다.

"진 형, 혹시 내가 모르는 것이 있소?"

"그것이……."

진승이 소담화의 눈치를 흘깃 살피며 말을 얼버무리자, 진양이 다시 추궁했다.

"말해보시오, 진 형."

"사실 그 해독약은……."

그때 소담화가 진승을 날카롭게 쏘아보며 소리쳤다.

"말하지 마세요!"

진승이 한숨을 내쉬었다.

소담화가 다시 소리쳤다.

"녹독수! 이번에도 네가 내 말을 듣지 않고 주둥이를 놀린다면 널 반드시 죽이겠어!"

그러자 진승이 그녀를 향해 포권을 하며 말했다.

"소 낭자, 당신의 숭고한 마음에 나는 마음 깊이 감복했소. 하나 나는 지금 낭자의 요구를 들어줄 수 없소. 이분은 어쨌든 내가 주인으로 섬기고자 맹세한 분이오. 이분이 연유를 묻는데 내가 어찌 입을 닫고 있겠소? 만약 낭자가 내게 노여움을 느끼고 가르침을 내리려 한다면 언제든 받아들이겠소. 이해해 주시오, 낭자."

소담화는 이불을 꽉 말아 쥐고 진승을 노려보기만 할 뿐이었다.

진승이 진양에게 몸을 돌리고 말했다.

"사실… 관주님께서 드신 해독약은 소 낭자의 독도 치료할 수 있는 것이었습니다."

진양은 물론 주위 사람들 모두가 깜짝 놀라고 말았다.

진양이 다그쳐 물었다.

"그럼… 이 약물은 만독통치약이란 거요? 분명 그녀가 당한 독과 내가 당한 독이 다르다고 했는데……."

"사실 그것이 그렇지 않습니다. 두 분은 같은 독에 당했습니다. 사상이협이 당한 독과는 분명히 다릅니다만, 소 낭자와 관주님께서 당한 독은 같은 종류입니다."

진양은 충격을 받고 한동안 아무런 말도 하지 못했다. 그가 떨리는 눈동자로 소담화를 바라보았다.

"낭자, 혹시 그 사실을 몰랐소?"

소담화는 참담한 표정으로 시선을 외면할 뿐 아무런 대꾸도 하지 않았다.

이번에도 그녀 대신 진승이 대답했다.

"그녀도 알고 있었을 겁니다."

진양은 진승에게 대답을 들으면서도 시선은 소담화에게 고정했다.

"한데… 한데 왜? 어째서 내가 그 약을 마시도록 내버려 두었소?"

"나도… 모르겠어요."

그녀가 중얼거리듯 말했지만, 그 목소리가 너무나 작아서 아무도 듣지 못했다.

진양이 이맛살을 구기며 되물었다.

"뭐라고요?"

"나도 모른다고요! 당신만… 당신만 보면 내가, 내가 아닌 것 같은 걸 어쩌라고! 당신만 만나면 내 마음이 복잡해지는 걸 내가 어떻게 해?"

소담화가 한번 소리를 지르기 시작하자 마치 막혔던 둑이 터져 물이 쏟아지듯 거침이 없었다. 동시에 그녀의 뺨을 타고 흘러내리는 눈물도 그칠 줄을 몰랐다.

진양은 흠칫 떨고는 주춤 물러났다.

'그랬구나. 소 낭자가 나를 이처럼 마음 깊이 생각하는 줄 미처 몰랐구나.'

진양은 무안한 마음에 어떻게 대답을 해야 할지 알 수가 없었다.

"낭자……."

"몰라요! 그만 나를 내버려 두고 전부 나가세요! 이제 됐잖아요? 당신은 살았고 사상이괴도 살았으니 된 것 아닌가요? 그만 날 내버려 두라고요!"

소담화는 그대로 드러눕더니 이불을 머리끝까지 덮어써 버렸다.

진양이 뭐라고 더 말을 하려고 입을 벙긋거렸지만, 차마 아무런 말도 내뱉지 못했다.

그때 유설이 진양의 옷깃을 가만히 잡아끌었다.

진양이 돌아보니 유설이 고개를 설레설레 저었다. 방해하지 말고 그만 나가는 것이 좋겠다는 뜻이다.

결국 진양은 한숨을 길게 내쉬고는 걸음을 돌릴 수밖에 없었다.

진양을 비롯한 무인들이 모두 나가고 나자, 방 안은 적막에 휩싸였다.

다만 소담화가 덮어쓰고 있는 이불만이 가늘게 떨리고 있었다.

진양은 유설과 함께 후원으로 나와 거닐었다.

"소 낭자가 나를 위해 대신 죽음을 택할 줄이야. 나는 그녀를 앞으로 어찌 봐야 할지 모르겠소."

유설이 진양의 어깨를 부드럽게 매만지며 말했다.

"그녀가 말하길, 독의 진행을 늦추는 방법이 있다고 했으니 그 방법을 사용한다면 당분간은 큰일이 없을 거예요."

"하지만 지금 그녀는 당장에라도 죽을 듯한 표정이었소."

진양의 말에 유설도 내심 걱정이 됐다.

소담화는 정말 삶의 의지를 모두 잃은 사람처럼 느껴졌던 것이다.

"지금은 모든 것이 복잡하고 혼란해서 그럴 거예요. 제가 나중에 그녀를 만나서 잘 설득해 볼게요. 그러니 당신은 너무 염려하지 마세요."

진양은 유설에게도 괜히 미안한 마음이 들어 시선을 어디에 둬야 할지 몰랐다. 그러면서도 이렇듯 자신을 이해해 주고 다정하게 이야기를 하는 유설을 보니 마음 깊이 감복할 수밖에 없었다.

그날 후 진양은 매일 아침 같은 시간에 운기조식을 취했다.

과연 소담화의 말대로 운기조식을 할 때마다 하루가 다르게 몸이 가벼워졌다.

그렇게 사흘이 지나자 몸 안의 독기는 완전히 사라지고 예전처럼 맑은 기운만이 감돌았다.

한편 소담화는 유설의 설득을 받아들이고 몸을 치유하기 시작했다. 소담화가 필요한 약초와 약재를 이야기하면 진승이 그것들을 구해와서 제조하는 방식이었다.

하지만 이러한 방법도 독의 진행을 더디게 할 뿐 체내의 독기를 완전히 없앨 수는 없었다.

소담화의 건강이 걱정된 진양은 매일같이 그녀의 침소로 찾아가 봤지만, 소담화는 끝내 그에게 문을 열어주지 않았다.

결국 고민을 거듭하던 진양은 대학당에 무인들을 모으고 누구도 예상치 못한 발언을 했다.

"아무래도 내가 십지독녀 선배를 찾아 떠나야겠소."

갑작스런 말에 무인들이 저마다 눈을 휘둥그레 뜨고 진양을 바라보았다.

"갑자기 그게 무슨 말씀입니까?"

"소 낭자가 나 때문에 독에 당하지 않았소? 이대로 그녀를 두고만 볼 수는 없게 됐소. 어떻게든 십지독녀 매 선배님을 만나서 설득을 해볼 수밖에요."

"흥! 그 악랄한 년이 자네 말을 들을 것 같은가?"

서요평이 코웃음 치며 말했다.

진양이 진중한 표정으로 대꾸했다.

"말로 안 되면 힘으로 빼앗을 수밖에요."

그의 말에 무인들이 저마다 서로를 바라보며 웅성거렸다.

진양이 지금껏 이처럼 단호한 어조로 무력을 쓰겠다는 말을 한 적이 없었던 것이다.

"내가 없는 동안 학립관 관주로서의 모든 권한은 지묵당주에게 넘기도록 하겠소. 여러분은 단 당주를 도와 이곳 학립관을 잘 이끌어주시기 바라오. 그리고 호신위는 이곳에 남아 단 당주를 보호해 주도록 하시오."

진양의 말이 떨어지자마자 천장에서 비연리가 뚝 떨어져 내렸다.

"그럴 수는 없습니다, 관주님!"

진양이 비연리를 보며 변함없는 표정으로 말했다.

"명령이오, 비 대주."

"하지만……."

"싫다면 천상련으로 돌아가시오. 내 명에 따르지 않는 수하는 필요가 없소."

전에 없이 진양의 차가운 말투에 비연리도 흠칫했다. 주위 사람들 모두가 당황한 표정이 역력했다.

진양이 좌중을 둘러보며 말을 이었다.

"나는 애초에 이곳을 아이들을 가르칠 서예당으로 삼으려고 했소. 하지만 여러분이 나를 찾아오면서 그 계획에 조금 차질이 생겼소. 나는 이곳을 떠나 있는 동안 학립관을 어떻게 이끌어야 할지 진지하게 생각할 것이오. 그리고 돌아오는 대로 학립관을 재정비할 생각이오. 그때까지 여러분은 내 뜻에 따라 단 당주를 도와 학립관을 잘 이끌어주시오."

진양의 말투는 여느 때처럼 부드럽지 않았다.

한마디 한마디에 힘이 실려 알 수 없는 위엄이 느껴지고 있었다.

좌중의 무인들은 저도 모르게 경직되어 한목소리로 대답했다.

"알겠습니다, 관주님."

전학수가 일어나 포권하며 말했다.

"관주님께서는 아무런 걱정 하지 말고 다녀오십시오. 이곳은 저희에게 맡겨주십시오. 단 당주님을 모시고 학립관을 잘 이끌도록 하겠습니다."

"고맙소."

그제야 진양이 부드럽게 미소 지었다.

그때 사상이괴 중 서운지가 일어나며 말했다.

"우리가 양 관주를 따라갔으면 하오."

"두 분은 왜 저를 따라가시려는지요?"

"나는 죽을 위기에서 양 관주의 은혜를 받고 이렇듯 건강을 되찾았소. 이제 그 은혜를 갚을 때가 아니겠소?"

진양이 고개를 저었다.

"은혜라고 할 것도 없습니다. 두 분은 저를 따라오시지 않아도 됩니다."

그러자 서요평이 콧방귀를 뀌며 냉랭한 목소리로 말했다.

"흥! 은혜는 무슨 은혜냐? 너를 살린 것은 이 형님이 십지독녀에게서 해독약을 빼앗았기 때문이다! 왜 약은 나한테 받아먹고 감사는 엉뚱한 곳에다 하느냐?"

진양이 웃으며 말했다.

"선배님의 말씀이 맞습니다. 오히려 은혜를 받은 것은 저지요. 선배님께서 해독약을 빼앗지 않았다면 저 역시 산목숨이 아니었을 겁니다."

"알긴 아는구나!"

"물론이지요. 진심으로 감사드리고 있습니다. 그러니 두 분은 괜히 저를 따라서 고생하실 필요가 없습니다."

"흥! 그깟 일이 무슨 고생이라고? 우리는 널 따라갈 것이다."

진양이 고개를 갸웃거리며 물었다.

서요평마저 따라오겠다고 할 줄은 몰랐던 것이다.

"왜 저를 따라오시겠다는 겁니까?"

"내 아우는 네게 은혜를 받아서 도와줄 생각인 것 같지만,

나는 절대 그렇게 생각하지 않는다. 다만, 그 십지독녀에게 당한 것을 생각하면 도무지 그냥 넘어갈 수가 없다. 내가 그년 때문에 이날 이때껏 마음 고생한 것을 생각하면 반드시 그년을 만나서 혼뜨검을 내줘야겠다! 그러니 너는 나를 막을 생각일랑 하지 마라! 이건 그저 우리의 문제일 뿐, 네 목적과는 무관하다!"

진양은 서요평이 저렇게까지 생각한다면 분명 자신이 말려도 듣지 않을 것이라고 여겼다.

결국 그가 어쩔 수 없이 고개를 끄덕였다.

"알겠습니다. 그럼 두 분 뜻대로 하십시오."

"물론 그럴 것이다. 너는 언제 여길 떠날 생각인가?"

"사흘 뒤에 떠날 겁니다."

서요평은 쇠뿔도 단김에 빼라며 당장 떠날 것을 촉구했지만, 옆에서 서운지가 가만히 말렸다.

진양은 마지막으로 진승을 돌아보며 물었다.

"소 낭자의 치료는 어찌 되고 있소?"

"독기를 완전히 제거하진 못했지만, 전보다 몸은 많이 좋아졌습니다."

"얼마나 버틸 수 있을 것 같소?"

"앞으로 길면 일 년이겠습니다."

"그렇군. 진 형이 수고 좀 해주시오."

"명 받들겠습니다."

진승이 공손히 고개를 숙이며 대답했다.

진양은 좌중을 둘러보며 그 외에도 자신이 없는 동안 주의할 사항들을 간략하게 알려준 뒤 회의를 정리했다.

그날 밤 유설은 진양을 찾아왔다.

막 잠자리에 들려고 했던 진양은 문 앞에 선 유설을 보고 고개를 갸웃거리는데, 그녀가 먼저 입을 열었다.

"저도 함께 가겠어요."

"함께라니? 매 선배님을 찾아가는 일을 두고 말하시는 거요?"

유설이 고개를 끄덕였다.

"네, 그 일요."

"하지만 이 일은 매우 위험하오. 매 선배님과 큰 싸움을 벌여야 할지도 모르는 일이오. 그러니……."

"무슨 말씀을 하셔도 전 따라가겠어요."

유설의 표정이 단호한 것을 보고 진양이 한숨을 내쉬며 물었다.

"혹시 소 낭자를 위해 내가 이처럼 나서는 것이 마음에 들지 않소?"

진양으로서는 줄곧 마음에 걸리는 부분이었다.

하지만 유설은 담담히 고개를 저었다.

"그럴 리가요. 그녀는… 제가 사랑하는 사람을 살려준 은인인 걸요. 결국 제 은인이나 다름없죠. 전 은인을 돕기 위해 당신과 함께 가겠다는 거예요."

진양은 잠시 유설을 보다가 부드럽게 웃었다.

"알겠소. 함께 갑시다."

第五章
거룡방(拒龍幇)

　사흘 뒤 진양은 유설, 사상이괴와 함께 학립관을 나섰다.
단지겸을 비롯한 무인들은 대별산 아랫자락까지 내려와 진양
일행을 배웅해 주었다.

　겨울이 지나고 초봄이 시작될 즈음이라 주위에는 어린잎
이 파릇파릇 돋아나고, 싱그러운 봄바람이 불어와 여행을 떠
나기에는 더없이 좋은 날이었다.

　길을 걷던 서운지가 싱글싱글 웃으며 말했다.

　"날씨가 참 좋군요. 이런 날이면 천 리 길을 가더라도 힘들
지 않겠습니다."

그러자 서요평이 툭 쏘아붙이듯 말했다.

"니미럴! 좋긴 뭐가 좋단 말이냐? 봄 날씨가 다 이렇지! 우리는 지금 놀러 가는 것이 아니다! 그 쳐죽일 년을 만나서 결판을 내려는 것이다! 안일하게 생각하지 마라!"

"예, 예, 알겠습니다."

서운지가 고개를 끄덕이며 건성으로 대답했다.

진양과 유설은 사상이괴의 언행을 보면서 빙그레 웃을 뿐이었다.

우선 진양 일행은 마을로 내려가서 십지독녀를 본 사람이 없는지 수소문했다.

하지만 좀처럼 그녀를 봤다는 사람이 나타나지 않았다. 마지막으로 진양 일행은 마을 어귀에 위치한 객점에 들렀는데, 그곳 점소이 역시 마찬가지였다.

"글쎄요, 그런 사람은 본 적이 없는 걸요. 게다가 그처럼 예쁘다면 제가 기억을 하지 못할 리가 없죠. 헤헤."

이번에도 허탕을 친 진양은 점소이에게 철전 한 닢을 던져주고는 돌려보냈다.

점소이가 헤실헤실 웃으며 꾸벅 인사하고 물러가자, 서요평이 탁자를 탕 내려치며 소리쳤다.

"제미랄! 이년이 도대체 어디로 간 거야? 대별산을 내려왔다면 이 마을을 가장 빨리 거쳤을 텐데……."

유설이 조심스럽게 말했다.

"다른 길로 돌아갔을 가능성이 있지 않을까요?"

하지만 진양이 고개를 가로저었다.

"그럴 확률은 매우 희박하오. 당시 매 선배는 내상을 입고 있었소. 비록 가벼운 증세라고는 하나, 험한 산길을 추적을 피해 오랫동안 달리기에는 힘들었을 거요."

"그런데 어떻게 이렇게 본 사람들이 없을까요?"

"매 선배는 변장술에도 능한 분이오. 어쩌면 노파로 변해서 이 마을을 지나갔을 수도 있겠지요."

"내상을 입고도요?"

"내력을 계속해서 소모하는 경신술보다는 그 편이 더 수월했을 거요."

"그렇군요. 과연 대단하군요. 내상을 치료하지도 않고……."

"그러게 말이오. 비록 그 증세가 가볍다지만 치료를 하는 것이 좋을 텐데……."

말을 하던 진양은 순간 무슨 생각이 떠올랐는지 두 눈을 크게 떴다.

그러더니 그는 곧장 점소이를 다시 불러 물었다.

"혹시 인근에 의원이 어디에 있는지 아는가? 약초를 파는 곳이라도 좋네."

"이 마을에는 없습니다요. 대신 옆 마을로 가면 약초를 파는 곳이 있지요."

"고맙네."

진양이 다시 철전을 던져 주자, 점소이는 입이 귀밑까지 벌어져서 돌아갔다.

서요평이 퉁명스레 물었다.

"갑자기 약초는 왜 그러나? 여행길에 오르자마자 어디 탈이라도 난 게야?"

"아닙니다. 매 선배님은 내상을 입었지요. 그러니 빨리 치료할 생각이었다면 틀림없이 약초를 구해 복용하려고 했을 겁니다."

서운지가 손뼉을 짝 마주쳤다.

"옳거니! 그렇다면 틀림없이 그곳으로 갔겠구려!"

"확실하진 않지만 가능성은 있지 않습니까?"

진양의 말에 서요평이 벌떡 일어났다.

"그럼 이러고 있을 일이 아니지! 어서 가세나!"

"그러지요."

진양 일행은 곧바로 자리에서 일어나 객점을 나섰다.

그들이 나는 듯이 달려가 옆 마을에 도착하니, 과연 점소이의 말대로 갖가지 약초를 모아 파는 곳이 있었다. 정식 의원이나 약방은 아니었지만 약초꾼이 직접 캔 것들을 진열해 파는 곳이었다.

진양은 그곳에 들어가자마자 약초꾼을 불러 물었다.

"이곳에서 황기, 길경, 고삼, 사인 따위를 산 여인이 있소? 꼭 여인이 아니어도 좋소. 시일은 사흘 전쯤일 것이오."

그러자 약초꾼이 고개를 갸웃거리다가 뭔가 생각이 났는지 이내 대답했다.

"아, 한 명 있었지요. 정확히 손님이 말씀하신 것들을 사서 가져갔습니다."

"혹시 그녀가 지금 어디에 있는지 알고 있소?"

그러자 약초꾼이 이맛살을 구기며 말했다.

"그녀요? 그놈은 남자인뎁쇼?"

"남자라고?"

"그렇습니다. 이 동네에서 하릴없이 돌아다니는 걸인이지요. 한데 그날따라 우리 집에서 약초를 사가지고 가기에 이상하다 여겼습지요."

약초꾼의 말에 진양 일행은 서로를 번갈아보았다.

그때 유설이 말했다.

"어쩌면 십지독녀가 그에게 심부름을 시킨 건지도 모르겠어요."

그러자 서운지가 손뼉을 마주치며 말했다.

"그렇군! 과연 그 말이 틀림이 없겠소, 낭자!"

진양도 유설의 말에 일리가 있다고 여기고 다시 약초꾼에게 물었다.

"그자는 지금 어디에 있소?"

"음, 글쎄요. 늘 북쪽 마을 어귀에서 서성이고 있으니 그곳에 가면 볼 수 있을 겁니다."

"고맙소."

진양은 그에게도 철전 몇 닢을 주고는 일행과 함께 북쪽 마을 어귀로 향했다. 역시나 마을 어귀에는 약초꾼의 말대로 걸인 한 명이 한쪽 길 구석에 드러누워 있었다.

진양이 그에게 다가가 정중히 말을 걸었다.

"실례가 아니라면 한 가지 말씀 좀 여쭙겠습니다."

걸인은 진양을 흘깃 돌아보더니 심드렁한 표정을 짓고는 아예 몸을 돌려 누웠다. 괜히 무안해진 진양이 다시 말을 걸었다.

"혹시 사흘 전에 어떤 사람을 만나지 않았습니까?"

하지만 걸인은 여전히 돌아누운 채 꼼짝을 하지 않았다. 진양은 곧 그가 돈을 원한다는 사실을 알고는 소매를 뒤적이는데, 서요평이 불쑥 나서더니 다짜고짜 걸인의 멱살을 잡아 일으켰다.

"어이쿠!"

걸인이 비명을 내지르며 엄살을 부렸다.

"아이고! 사람을 이렇게 때리다니! 약값을 어찌 감당하려고?"

하지만 그런 협박이 서요평에게 통할 리가 없었다.

서요평은 다짜고짜 걸인의 뺨을 한차례 후려치더니 버럭 고함을 내질렀다.

"흥! 약값? 죽고 나면 약값이 아무리 많은들 무슨 소용이겠느냐? 내가 약값이 필요없도록 아예 네놈을 죽여주마!"

그제야 걸인은 얼굴이 새파랗게 질려 진양 일행을 다시 보았다. 진양만은 허리춤에 이상하게 생긴 붓을 차고 있었지만, 나머지는 모두 긴 장검을 차고 있는 무인이 아닌가?

얼핏 나긋나긋한 진양을 보고 돈을 뜯어내려고 한 것이 실수였던 것이다.

걸인이 두 손을 싹싹 빌며 사정했다.

"아이고, 나리! 제게 왜 그러십니까? 제가 무슨 잘못을 했다고 이러십니까? 살려만 주십시오!"

"그럼 어서 대답해라!"

"뭘 말입니까요?"

"아까 이 녀석이 물은 말에 대답하란 말이다!"

"아, 예. 사흘 전에 확실히 한 여인이 나타나서 제게 심부름을 시켰습지요."

"나이는?"

"대충 마흔 정도로 보였습니다. 영락없는 시골 아낙처럼 보였지요. 하지만 전 그 여인이 분명 무인일 것이라고 짐작했더랬지요."

"흥, 그러면서 이번에는 영 눈썰미가 없었군!"

서요평이 그를 비아냥거리면서 진양을 흘깃 돌아보았다.

진양이 고개를 끄덕였다.

아마 매지향일 가능성이 높았다. 내상을 입은 그녀가 축골공을 이용해서 호호백발 할머니로 변하는 것보다는 공력을 덜 소모할 수 있는 중년여인으로 변장하는 것이 더 쉬웠으리라.

그래도 혹시 몰라 진양이 물었다.

"혹시 팔색조가 어깨에 앉아 있진 않던가요?"

"그건 모르겠습니다요. 못 본 것 같습니다."

"하긴… 팔색조를 항시 어깨에 올려두진 않으니."

진양이 혼잣말을 중얼거리는데, 서요평이 걸인을 다그쳐 물었다.

"그년은 어디로 갔느냐?"

걸인이 손가락을 쭉 뻗어 길을 가리켰다.

"저쪽입니다. 북쪽으로 계속 걸어갔습니다."

"어디로 간다는 말은 없었느냐?"

"모릅니다요. 그런 말을 저 같은 거지한테 왜 하겠습니까요? 저는 정말 거기까진 모릅니다요."

"쳇, 쓸모없는 녀석 같으니라고!"

서요평은 걸인을 길바닥에 냅다 집어 던졌다.

"어이쿠!"

걸인이 비명을 내지르며 길바닥에서 서너 바퀴나 굴렀다.

그가 일어나자마자 이마를 땅에 찧으며 인사했다.

"목숨을 살려주셔서 감사합니다! 정말 감사합니다, 나리!"

그러거나 말거나 서요평은 진양을 돌아보며 말했다.

"북쪽으로 갔다고 하니 우선은 쫓아가는 수밖에 없겠네. 가다 보면 또 단서가 나오겠지."

"그러지요."

진양이 고개를 끄덕이고는 걸인에게 다가갔다.

"놀라셨다면 죄송합니다. 받으십시오."

진양이 이번에는 조금 미안한 마음이 들어 은자 한 냥을 그의 손에 쥐어주었다.

그러자 걸인은 눈이 휘둥그레져서 진양을 보며 연신 큰절을 올렸다.

"군자님의 은혜는 절대 잊지 않겠습니다! 모쪼록 하는 일마다 복 받으시고 행복하십시오! 감사합니다! 정말 감사합니다!"

반면 서요평은 진양을 보며 혀를 끌끌 찼다.

"그리 마음이 약해서 어디다 쓰겠는고?"

진양은 걸음을 옮기며 대답했다.

"약한 자를 감싸는 것은 오히려 여유가 있다는 증거이지요."

"흥, 말만 번지르르하지."

서요평은 납득할 수 없다는 듯 투덜거렸고, 일행은 다시 북쪽을 향해서 나아갔다.

진양 일행은 매지향의 행적을 추적하며 갔기에 이동 속도가 빠르지 않았다. 마을이 나타날 때나 큰 도시가 나타날 때마다 매지향의 행방에 대해서 수소문해 보았지만 매번 허탕만 칠 뿐이었다.

결국 진양 일행은 그저 답답한 심정으로 계속 북쪽으로 걸음을 옮길 수밖에 없었다.

하지만 길을 잘못 들지도 모른다는 생각에 이동 속도는 더욱 느려지기만 할 뿐이었다.

그렇게 진양 일행이 수일이 지나서 도착한 곳은 개봉(開封)이었다.

늦은 저녁 개봉에 도착한 그들은 너른 강변에 위치한 객점에 들렀다. 그들은 모두 진양의 방에 모여 앞으로의 일을 의논했다.

"날이 갈수록 매 선배님의 행방이 묘연해지기만 하니 걱정입니다. 내일 강을 건널지 말지 고민되는군요."

진양의 말에 서요평이 코웃음을 쳤다.

"흥! 강을 건넌다고 그곳에 십지독녀가 있겠느냐? 어차피 찾지 못할 거라면 괜히 멀리 갈 필요가 없다. 다시 남쪽으로 길을 돌려 찾아보자. 아니면 동쪽이든 서쪽이든 가면 될 일이지."

"그랬다가 만약 매 선배님이 정말 강을 건넜다면 우리는 결코 그분을 찾지 못할 겁니다."

"강을 안 건넜을지도 모르는 것 아니냐?"

그때 유설이 나서며 말했다.

"그나마 지금까지 행적을 살펴보면 십지독녀는 이곳을 지나갔을 확률이 커요. 하지만 강을 건너지 않았을 수도 있죠. 만약 강을 건넜다면 이곳 사공들이 그녀를 기억할 수도 있구요. 그러니 내일 강변에 가서 사공들에게 물어본다면 알 수 있지 않을까요?"

서운지가 무릎을 탁 치며 말했다.

"거 좋은 방법이오!"

"좋긴 무슨 좋은 방법이야? 누구나 생각할 수 있는 방법이야!"

서요평의 핀잔에 서운지가 싱글싱글 웃으며 대꾸했다.

"형님은 그냥 발길을 돌리려고 했잖수?"

"내가 그냥 돌리려고 했는지 알아보고 가려고 했는지 네가 어떻게 아느냐? 나는 그저 말을 안 했을 뿐이다!"

"하하하! 알겠습니다."

결국 일행은 다음날 강변에서 십지독녀의 행방을 다시 한 번 수소문하기로 정하고는 잠자리에 들었다.

다음날 아침 일찍 일어난 진양 일행은 객점에서 가볍게 아침을 먹고는 길을 나섰다.

그들이 강변에 다다르자 아직 물안개가 자욱해서 사위 분간이 잘되지 않았다.

진양 일행이 사공들을 찾아 강변을 따라 걸어가는데, 마침 저만치 앞에서 나룻배 한 척이 정박해 있고, 사공이 어슬렁거리는 것이 보였다.

진양 일행이 다가가서 그에게 십지독녀에 대해 물었으나, 이번에도 고개를 가로저을 뿐이었다.

진양 일행은 다른 사공을 찾아 걸음을 옮겼다. 그렇게 만난 사공이 모두 다섯 명이었는데, 그들 모두 하나같이 십지독녀를 본 적이 없다고 답했다.

결국 진양 일행이 강을 건너기를 포기하고 걸음을 돌리려고 할 때였다.

안개가 서서히 걷힐 때쯤, 먼발치에서 커다란 배 한 척이 나타나더니 이쪽으로 서서히 다가오고 있었다. 워낙 배가 커서 움직임이 둔하게 느껴졌지만 실제로 다가오는 속도는 몹시 빨랐다.

그 배가 나타나자 강변에서 일을 하던 사공들은 안색이 굳어지더니 서둘러 주변을 정리하고는 자리를 떠나려고 했다.

진양이 그들에게 다가가 고개를 갸웃거리고는 물었다.

"어딜 그리 급히 가십니까?"

그러자 사공이 진양에게는 시선도 주지 않고 이것저것 물건들을 챙기며 대꾸했다.

"저들은 거룡방(巨龍幇)입니다. 손님도 얼른 피하시는 것이 좋을 겁니다. 괜히 저들에게 잘못 걸리면 목숨도 남아나지 않습니다요."

말을 마친 사공은 얼른 몸을 일으키더니 뒤도 돌아보지 않고 달아나 버렸다.

그때 다가오는 배를 보던 서요평이 냉랭하게 비웃었다.

"흥! 거룡방 따위가 개봉까지 세력을 넓혔다더니 그 말이 사실인가 보군."

진양이 그를 돌아보며 물었다.

"거룡방에 대해서 아십니까?"

"거룡방의 현 방주는 예전에 나와 무공을 겨룬 적이 있지."

진양이 흥미로운 표정으로 물었다.

"어떻게 됐습니까?"

"거룡방 방주 따위가 내 적수가 되겠느냐? 내가 단단히 혼 뜨검을 내주었지!"

그 말에 가장 놀란 사람은 유설이었다.

그녀가 눈을 동그랗게 뜨며 되물었다.

"그게 정말인가요? 제가 알기론 거룡방주 왕방평(王方平) 은 결코 지는 싸움을 하지 않는다고 들었어요. 물론 그가 아 주 강한 절정고수는 아니지만, 그만큼 상대를 알아보고 처신 하는 능력이 뛰어나다는 거겠죠. 그런데 선배님께 졌다고 하 니 정말 뜻밖이네요."

그러자 서운지가 껄껄 웃으며 말했다.

"그때의 대결은 사실 무승부였다오. 형님이 자존심이 워낙 강하니 이긴 싸움이나 마찬가지였다고 생각하는 것이지요."

"뭐가 자존심이고 뭐가 무승부였단 말이냐! 너는 어째서 내 승리를 인정하지 않느냐? 나는 분명히 거룡방주를 이겼 다!"

서요평이 발끈해서는 노발대발 소리쳤다.

서운지는 다시 사람 좋은 미소를 그리며 그저 알았노라고 서요평을 다독였다.

진양과 유설은 서로를 바라보며 빙그레 미소 지었다. 더 듣 지 않아도 대충의 사정을 알 만했던 것이다.

진양이 유설에게 물었다.

"당신 말대로라면 거룡방주는 처세술이 대단히 뛰어나겠구려."

"맞아요. 만약 사상이협 두 분이 함께 있었다면 거룡방주는 결코 그 싸움을 받아들이지 않을 사람이죠. 제 말이 맞죠?"

유설이 서운지를 바라보며 묻자, 그가 껄껄 웃으며 고개를 끄덕였다.

"바로 맞혔소. 그 당시 나는 형님과 같이 있지 않았는데, 형님이 거룡방주에게 시비를 거는 바람에 형님만 그와 싸웠다오. 결국 두 사람은 반나절 동안 싸워도 승부가 나지 않아서 훗날을 기약하고 헤어졌지요."

"그게 아니라니까! 그때 거룡방주는 훗날을 기약하자고 말하면서 사실은 내가 무서웠던 것이다! 그러니 그 싸움은 내가 이긴 것이야!"

"알겠수다, 알겠수."

서운지가 다시 서요평을 달랬다.

그러는 사이 거룡방의 커다란 배는 강변에 다다랐다. 과연 뱃머리에는 깃발이 펄럭이고 있었는데, 커다란 용이 꿈틀거리는 모습이었다.

진양은 어쩌면 이들이 십지독녀의 행방을 알지도 모른다

는 생각에 자리를 피하지 않고 그들이 하선하기를 기다렸다.

배가 완전히 정박하자 뱃머리에 한 사람이 나타나서 소리쳤다.

"혹시 그대들은 대별산에서 온 손님들을 보지 못했는가?"

사내의 목소리가 쩌렁쩌렁 울리는 것이 공력이 꽤나 심후한 듯했다. 묻는 말투로 보아서는 아마도 진양 일행을 사공들이라고 여긴 모양이다. 날이 밝으면서 안개가 많이 가시긴 했지만 아직은 어느 정도 남아 있어서 사람의 형상이 또렷하게 보이진 않았던 탓이다.

진양이 대답도 하기 전에 서요평이 버럭 소리쳤다.

"우리가 대별산에서 왔는데, 설마 우리를 기다리는 것은 아니겠지? 혹시 네놈들은 십지독녀에게 사주라도 받은 것이냐?"

그러자 뱃머리에 선 사내는 흠칫거리는 듯하더니 다시 소리쳐 물어왔다.

"그것이 정말이오?"

"뭐가 말이냐?"

"여러분이 대별산에서 왔다는 것 말이오!"

사내의 목소리는 여전히 쩌렁쩌렁 울렸지만, 말투만큼은 아까와 다르게 사뭇 공손해져 있었다.

서요평이 다시 버럭 소리쳤다.

"정말이 아니면 거짓이겠느냐? 내가 네놈과 노닥거릴 이유가 어디 있겠느냐?"

"실례지만 귀하의 성함은 어찌 되시는지?"

"이런 우라질 놈을 봤나? 어르신의 성함을 캐물으려면 네놈의 썩어빠진 이름부터 대야 할 것이 아니더냐? 그 꼭대기에서 악다구니 쓰며 소리만 치지 말고 당장 이리 내려와라! 내 단칼에 너를 혼내줘야겠다!"

사내는 잠시 머뭇거리는 듯하더니 다시 소리쳤다.

"잠시 기다려 주시오!"

그러더니 뱃머리에 비치던 사람의 그림자가 사라졌다.

잠시 후 뱃머리에는 두 사람이 동시에 나타났다. 덩치가 달라진 것으로 보아 아까 그 사내는 아닌 모양이었다.

한 명은 체격이 몹시 크고 장창을 손에 쥐고 있었는데, 희미하게 보이는 모습으로 보아서는 과거 삼국시대의 장비의 초상화가 연상됐다.

그리고 그 곁에는 키가 아주 작고 뚱뚱한 대머리사내가 함께 있었다.

대머리사내가 소리쳐 물었다.

"여러분은 대별산 어디에서 오신 분들입니까?"

이번에도 진양이 막 대답을 하려고 하는데, 서요평이 발끈하며 받아쳤다.

"니미럴! 대별산에 학림관 말고 또 무엇이 있더냐? 대별산하면 학림관이지! 네놈들이 대별산을 알면서 학림관을 모른다니 귓구멍이 막혔구나!"

뱃머리의 두 남자는 서로를 바라보더니 이내 훌쩍 뛰어내렸다.

뭍으로 내려선 그들은 진양 일행에게 곧장 다가왔다.

진양이 나직한 목소리로 일행에게 물었다.

"저들이 정말 우리를 기다린 모양인 것 같은데 왜 그럴까요?"

"흥! 십지독녀가 사주를 했다면 오히려 꼬리를 잡았으니 반가운 일이 아닌가?"

"하지만 거룡방의 패거리가 한꺼번에 달려든다면 이기기 힘들 겁니다."

"뭣하러 그 많은 놈들을 죽이나? 어떤 조직이든 머리만 베면 자연히 무너지는 법. 저 텁석부리 녀석이 바로 거룡방주다. 저놈의 모가지만 따면 조무래기들은 알아서 물속에 숨어버릴 터."

서요평은 그렇게 말하면서도 내심 긴장한 듯 천천히 검의 손잡이를 거머쥐었다.

이윽고 뱃머리에서 내린 두 사내가 진양 일행 바로 앞까지 다가왔다. 텁석부리사내는 사상이괴를 보더니 서요평을 보고 흠칫했다.

"오랜만에 뵙소이다."

"후후! 오랜만이군, 왕 방주."

왕방평은 살짝 고개를 끄덕이더니 진양을 보고는 조심스레 물었다.

"혹시 양 관주님이십니까?"

"그렇습니다만, 제게 용무가 있으신지요?"

진양이 공손히 되묻자 왕방평과 대머리사내가 서로 바라보더니 진양에게 포권하며 고개까지 숙였다.

"거룡방의 왕방평이 학립관의 양 관주님을 뵙습니다!"

"거룡방의 임평산(任平散)이 학립관의 양 관주님을 뵙습니다! 만나뵙게 되어 영광입니다!"

두 사람의 갑작스런 태도에 진양이 어리둥절해서 물었다.

"두 분께서는 저를 아십니까?"

"물론 알다마다요. 강호에서 양 관주님의 명성을 모르는 자가 있다면 눈이 멀고 귀가 먼 것이지요."

"하면 두 분께서는 제가 이곳에 온다는 걸 어찌 알았습니까?"

"양 관주님의 일거수일투족은 모든 무림인의 관심사입니다. 하물며 이렇게 먼 여행길에 오르셨는데 소문이 나지 않을 리가 없지요."

"혹시 이번에도 천상련과 관련이 있습니까?"

그러자 왕방평이 우물쭈물하더니 가까스로 대답했다.

"천상련을 떠나 양 관주님을 대하는 우리의 마음은 진심입니다."

"역시 천상련과 관련이 있군요."

"사실… 저희는 전서 한 장을 받았을 뿐입니다."

"전서라면……?"

왕방평이 진양의 눈치를 살피다가 작은 목소리로 대답했다.

"양 관주님께서 십지독녀 매지향을 쫓고 있으니 십지독녀를 목격한 자들은 적극 협조하라는……."

그의 말에 유설이 빙그레 웃으며 진양에게 말했다.

"아무래도 비 대주가 다시 천상련에 전서구로 알린 모양이군요. 풍 련주님은 다시 강호인들에게 알린 모양이구요."

진양도 대충 짐작을 하고는 한숨을 내쉬었다.

"비 대주가 또 일을 벌였군. 앞으로 천상련의 도움에서 벗어나기가 점점 힘들어지겠소. 염치가 없어 풍 련주는 또 어찌 봬야 할지……."

그러자 서운지가 껄껄 웃으며 말했다.

"천상련의 도움을 받아서 십지독녀를 빨리 찾아낸다면 그것도 좋은 일 아니겠소? 이왕 이렇게 되었으니 좋게 생각하시오, 양 관주."

그러자 눈치를 살피던 왕방평이 얼른 말했다.

"그렇습니다. 저희는 자발적으로 나선 것이니 양 관주님께서는 너무 부담을 느끼지 마십시오."

하지만 진양은 자신 때문에 강호의 무인들이 이처럼 움직이는 것이 적지 않게 부담되었다. 게다가 일개 방주의 지위에 있는 사람이 이처럼 몸을 사리며 예우를 다하자 몸 둘 바를 몰랐다.

그렇다고 마냥 안절부절못하고 있을 수만은 없어 진양이 얼른 질문했다.

"그럼 십지독녀의 행방은 아시오?"

"물론입니다. 저희가 조사한 바에 의하면 십지독녀는 이곳에서 복양현(濮陽縣)으로 갔다고 합니다."

"고맙소. 이 은혜는 잊지 않겠소."

"이 정도로 은혜라고 하면 저희 낯이 부끄럽습니다. 우선 저희 배에 오르셔서 강을 건너시지요."

"고맙소이다."

진양 일행은 거룡방의 선박에 올랐다.

거룡방의 배를 타고 강을 건너고 나자, 선박에 있던 무인들 모두가 뭍으로 내려와 진양을 배웅했다.

왕방평이 앞으로 나와 말했다.

"모쪼록 하시는 일이 잘 풀리길 바랍니다."

"왕 방주께서 이처럼 대접해 주시니 몸 둘 바를 모르겠습니다. 앞으로 제가 거룡방을 위해 할 수 있는 일이 있다면 언제든 말씀해 주십시오."

왕방평이 손사래를 치며 대꾸했다.

"아닙니다. 저는 양 관주님과 친분이 쌓인 것만으로도 행운이라고 생각합니다. 부디 부담은 갖지 마십시오."

"그래도 오는 게 있으면 가는 것도 있어야 사람의 정이 아니겠습니까? 언제든 제 도움이 필요할 땐 주저하지 마십시오."

그러자 왕방평은 머뭇거리다가 조심스럽게 입을 열었다.

"으음, 그럼 사실 한 가지 청이 있긴 합니다만……."

진양이 눈을 동그랗게 뜨고 고개를 갸웃거렸다.

그렇다고 이렇게 빨리 뭔가를 요구해 올 줄은 생각지 못했던 것이다.

"무엇입니까? 말씀해 보십시오."

그런데 왕방평이 뭐라고 대답하기도 전에 서요평이 불쑥 나서며 소리쳤다.

"흥! 내 이럴 줄 알았지! 처음부터 우리를 도와준다고 나설 때부터 무슨 꿍꿍이가 있을 거라 생각했지! 봤느냐, 지야! 이게 바로 강호인들의 얍삽한 꼼수다! 그러니 남의 호의를 마냥 좋게만 생각해서는 안 된다!"

"허허, 형님도 참. 아직 무슨 부탁인지 들어보지도 않았잖소?"

"들어보나마나지! 어떤 부탁이든 거룡방의 힘으로는 절대 할 수 없는 일일 것이다. 왕가야, 내 말이 틀렸느냐?"

서요평이 왕방평을 가리키며 소리쳤다.

그의 무례한 태도에 거룡방 무인들이 눈살을 슬쩍 찌푸렸다.

아무리 사상이괴가 강호 사파인 사이에서는 무림 선배로 알려졌다지만, 한 방파의 주인에게 이처럼 무례할 수가 있단 말인가?

거룡방의 무인 중 성질이 급한 몇몇은 금방이라도 달려나가 따질 듯이 움찔 몸을 떨었다.

왕방평이 서요평을 보며 말했다.

"흐음, 확실히… 거룡방의 힘으로는 절대 할 수 없는 것이오."

"홍! 그것 봐라! 지야, 이제 알겠느냐? 저자들은 결코 쉬운 부탁을 하지 않는다니까! 왕가야, 일전에 나와 겨룬 일을 기억하고 있느냐?"

서요평의 갑작스런 질문에 왕방평은 생뚱맞은 표정을 지었지만, 곧 고개를 끄덕이며 대답했다.

"물론 기억하고 있소. 그때 서 형의 실력에 소제가 깊이 탄복했었지요."

"그렇지. 그때 너는 내게 졌지?"

"글쎄… 제 기억이 틀림없다면 우리는 승부를 내지 못했던 것 같소만."

"뭣이? 네놈이 결국 승패를 인정하지 않는구나! 그럼 나와 이 자리에서 결판을 내보자! 그렇지 않아도 요즘 내가 몸이 근질근질해서 견디기가 힘든 참이다!"

그러자 왕방평 곁에 있던 임평산이 발끈하며 나섰다.

"해도 해도 너무하시오! 우리 방주님께서 예의로 사상이괴를 대하고 있건만, 어찌 그쪽에서는 방주님을 이처럼 무례하게 대한단 말이오!"

"흥! 내가 네게 말 한마디 건넨 적도 없는데 왜 네가 나서서 지랄을 하는 거냐?"

서요평이 바락바락 마주 소리쳤다.

갑자기 분위기가 험악하게 변하자, 진양과 유설은 여간 난감한 것이 아니었다.

하지만 서운지는 뭐가 그리 재미있는지 여전히 껄껄 웃으며 말했다.

"허허허, 형님은 아까 배에 오르기 전부터 사실 거룡방주님과 한차례 승부를 내고 싶었던 거지요. 그래서 괜히 이처럼 무례하게 시비를 거는 겁니다. 하지만 그저 무공을 겨루고 싶은 마음에 이러는 것이니 여러분께서는 너무 섭섭하게 생각하지 마십시오. 형님이 하시는 말씀 전부가 진심은 아닙니다."

"뭐야? 네가 내 진심을 어찌 알아? 너는 내 속을 들여다보 기라도 했느냐?"

서요평이 또 발끈해서 서운지에게 따졌다.

그때 왕방평이 껄껄 웃으며 말했다.

"서 형께서 소제에게 한 수 가르쳐 주시려는 뜻은 잘 알겠 소. 하지만 오늘은 제가 양 관주님을 뵙고 인사드린 즐거운 만남이 아니오? 이왕이면 다음에 연이 닿았을 때, 소제에게도 가르침을 내려주시는 것이 어떻겠소? 혹 반드시 승부를 지어 야 한다면 오늘은 소제가 패한 것으로 칩시다."

상대가 이처럼 정중하게 양해를 구하자 서요평으로서도 더 이상 시비를 걸기가 애매했다. 그래서 서요평은 이제 다른 것에서 꼬투리를 잡아 따졌다.

"나는 승부를 지으려고 그러는 것이 아니다! 고작 우리에 게 강을 건너게 해주고 양 관주에게 무리한 부탁을 하려는 그 작태가 괘씸해서 혼을 내주려는 것이다! 그러니 다음으로 미 루고 말고 할 것도 없다! 어서 창이나 들어라!"

"그런 거라면 우선 제 부탁을 들은 후에 결정하시는 것이 어떻겠소?"

왕방평의 대꾸에 서요평이 머뭇거리다가 물었다.

"네 부탁이 무엇이냐?"

그러자 왕방평이 진양에게 다가가 공손한 태도로 말했다.

"제가 듣기로 양 관주님은 필체가 아주 뛰어나다고 들었습니다. 제 부탁은 선실에 걸어놓을 '거룡방'이라는 글자를 써주십사 하는 것입니다."

그의 말에 진양이 호탕하게 웃었다.

"그런 거라면 부탁이라고 할 것도 없지요. 비록 제가 졸필이지만, 방주님께서 원하신다면 응당 써드릴 일입니다."

"감사합니다, 양 관주님."

한편 이들의 대화를 듣던 서요평은 머쓱해지고 말았다. 거룡방이 부탁해 오는 내용이 이처럼 간단한 것일 줄이야 누가 알았겠는가?

확실히 이런 부탁이라면 거룡방이 스스로 할 수 있는 일이 아닐 터.

할 말이 없어진 서요평이 자기 잘못을 인정하기 싫어 괜히 화를 냈다.

"흥! 이번에는 내가 그냥 넘어가지만 다음에는 오늘 같지 않을 것이다!"

그러거나 말거나 왕방평은 진양과 함께 다시 배로 올랐다.

왕방평은 선실로 들어서자마자 수하를 시켜 커다란 흰색

천과 먹물을 준비하도록 했다. 붓도 가져오라고 지시하자 진양이 손을 저으며 말했다.

"붓이라면 제가 가지고 있으니 괜찮습니다."

그러면서 진양은 허리춤에 차고 있는 수호필을 들어 보이며 웃었다.

왕방평이 고개를 끄덕였다.

"그 붓은 양 관주님의 상징이나 다름없으니 그 붓으로 글씨를 적어주신다면 더욱 큰 영광일 것입니다."

잠시 후 수하가 천과 먹물을 준비해 왔다.

진양은 수호필을 들어 먹물을 찍은 다음 하얀 천에 일필휘지로 글을 써나갔다.

拒龍幫.

진양이 글을 모두 적은 뒤에 붓을 거두었다.

한데 선실 내의 분위기는 자못 이상했다. 거룡방의 무인들이 서로 눈치를 보며 술렁였고, 왕방평 역시 어찌 말을 꺼내야 할지 난처한 표정이었다.

왕방평이 어색한 미소를 지으며 입을 열었다.

"과연 명필이십니다. 한데… 한 가지 잘못된 부분이 있군요. 우리 거룡방은 클 거(巨) 자를 쓰는데 여기에는 막을 거(拒)

자가 쓰였군요."

그러자 진양이 부드럽게 웃으며 답했다.

"사실 일부러 그렇게 한번 써보았습니다."

"일부러요? 이유가 무엇입니까?"

왕방평이 고개를 갸웃거리며 묻자 진양이 담담한 목소리로 말을 이어갔다.

"사실 오늘 거룡방을 만나기 전에 사공을 만나고 있었습니다. 한데 거룡방의 배가 나타나자 그 사공들은 모두 겁에 질려 부리나케 달아나더군요. 거룡방에게 해코지를 당할까 봐 두려워하는 모습이 역력했지요."

"으음. 그런 일이 있었군요."

"어떤 사람이든 자신의 욕망을 절제하기란 어려운 법이지요. 집단의 경우에는 더욱 그렇습니다. 하지만 스스로를 절제할 줄 알고 억누를 줄 아는 자는 결국 타인에게 인정받게 마련입니다. 그렇게 더욱 큰 사람이 되는 것이지요. 조직도 마찬가지라고 생각합니다. 조직을 더욱 크게 하려면 그 조직의 욕망을 억누를 줄 알아야 할 것입니다. 마음에 들지 않는다고 타인을 핍박하고 공포 분위기를 조장하는 것은 결국 조직에 손해를 끼치게 될 것입니다. 그런 의미에서 한번 스스로를 절제하고 막아낼 수 있도록 '거(拒)' 자를 써보았습니다."

"그런 뜻이… 있었군요."

"비록 기득권의 세력이 인정하지 않아 사파로 분류된다고 하더라도 무인으로서의 협의와 자부심마저 '사(邪)'가 되어서는 안 됩니다."

진양의 말을 끝으로 선실에는 침묵이 내려앉았다. 저마다 진양의 말을 곱씹으며 생각하느라 누구도 입을 쉽게 열지 못한 것이다.

진양이 얼른 정신을 차리고 말했다.

"이런, 제가 주제넘게 떠들었군요. 죄송합니다, 방주님. 혹이 글자가 마음에 들지 않는다면 다시 써드리겠습니다."

그러자 왕방평이 손사래를 치며 말했다.

"아닙니다! 오늘 양 관주님을 만나 깨달음을 얻었습니다. 양 관주님의 이처럼 깊은 사려에 마음 깊이 탄복했습니다. 이걸 선실에 걸도록 하겠습니다. 그리고 이 글을 볼 때마다 양 관주님의 말씀을 항상 되새기겠습니다!"

왕방평은 정말 크게 감명을 받았는지 진양의 손을 덥석 잡고는 흔들어댔다.

第六章
음귀곡주(陰鬼谷主)

진양 일행은 왕방평의 말을 참고해서 곧장 복양현으로 향했다. 우선 가야 할 목적지가 정해지니 그들의 걸음 속도는 어느 때보다도 빨랐다.

이들이 복양현 어귀에 다다랐을 때다.

길가에 낡은 사당이 있었는데, 그 문 앞에서 한 남자가 낮잠을 자고 있었다. 한데 옷차림새가 깔끔하고 얼굴 생김새도 준수해서 걸인으로 보이지는 않았다.

서요평이 그에게 다가가 발끝을 툭 찼다.

"어이!"

남자가 깜짝 놀라 눈을 뜨고는 서요평을 바라보았다.

서요평이 심드렁한 표정으로 물었다.

"이 길을 따라 죽 걸어가면 복양이 나오는 게 맞느냐?"

"그렇습니다."

남자가 정중히 대답하며 서요평의 눈치를 살폈다. 그리고 조금 떨어진 곳에서 걸어오는 진양 일행을 돌아보았다.

그 순간 남자가 벌떡 일어나더니 물었다.

"혹시 사상이협이 아니신지요?"

서요평은 젊은 청년이 자신을 알아보자 이맛살을 찌푸리며 물었다.

"그렇다. 내가 사상이협의 서요평이다. 한데 네놈은 날 어찌 알지? 나는 네놈을 본 적이 없는데."

"역, 역시 사상이협 선배님이시군요! 그럼 저는 이만!"

남자가 갑자기 꾸벅 인사를 하더니 길을 따라 부리나케 달려가기 시작했다.

서요평이 황당해서 불렀다.

"이봐! 갑자기 왜 그러는 거야?"

하지만 남자는 달리기를 멈추지 않았다.

몸이 가벼운 것으로 보아 경공술을 익힌 자임이 틀림없었다.

매사에 부정적인 서요평은 어쩌면 그가 십지독녀의 사주

를 받고 자신들을 암살하기 위해 기다리고 있었던 것일지도 모르겠다고 생각했다.

하지만 저런 새파란 애송이를 굳이 뒤쫓는 것도 귀찮다는 생각이 들어 그만두었다.

잠시 뒤 진양이 다가와 남자가 사라진 방향을 보며 물었다.

"누구였습니까?"

"나도 모르네. 길가에 드러누워 자빠져 자고 있는 걸 깨워 길 좀 물었더니 저리 도망가는군. 분명 십지독녀가 우리를 없애려고 사주한 녀석일 게야."

"음. 이상하긴 하군요."

진양은 매지향이 사주했을 리는 없을 거라고 여겼지만, 아무래도 이상한 경우라 그저 고개만 갸웃거리고 말았다.

진양 일행은 복양현 변두리에 있는 평범한 객점을 찾아 들어갔다. 번화가에서 조금 떨어진 위치여서 그런지 객점에는 유독 무인들이 많았다.

진양 일행이 자리를 잡고 앉자 점소이가 다가와서 물었다.

"어서 오십시오. 무엇을 드릴깝쇼?"

서요평이 불쑥 나서며 대답했다.

"이곳에서 제일 맛있는 걸 좀 내오게. 무조건 비싼 것만 내왔다가 맛이 없으면 내 혼쭐을 내줄 거야! 대별산을 떠난 뒤로 맛있는 음식을 먹은 적이 없단 말이야."

"헤헤, 알겠습니다요! 깜짝 놀라 눈이 휘둥그레질 음식을 대령합지요."

"제발 그러게나."

점소이가 헤실헤실 웃으며 몸을 돌리려는데 진양이 그를 불러 물었다.

"보시오, 이곳에 무인들이 유독 많은 것 같은데… 원래 이렇소?"

그러자 점소이가 고개를 갸웃거리며 진양 일행을 바라보았다.

"나리들은 무인이 아닌지요?"

"보면 모르겠느냐? 이 사상이협을 못 알아보다니 자네 눈과 귀도 썩었구먼!"

서요평이 버럭 소리치자, 마침 주위에서 웅성이던 사람들 중 일부가 조용해졌다. 그리고 몇몇은 시선을 흘깃 돌려 진양 일행을 응시했다.

진양은 이들의 눈빛에서 호의보다는 적의가 많다는 것을 읽을 수 있었다.

한편, 한낱 점소이가 무인들의 별호를 어찌 줄줄 외우고 다니겠는가? 점소이가 그저 뒤통수를 긁적이며 답변했다.

"죄송합니다, 나리. 제가 높으신 분을 몰라뵀습니다. 대신 맛있는 요리 대령해 올리겠습니다요. 헤헤."

그러더니 점소이는 뭔가 비밀스런 말이라도 하려는 듯 일행에게 소곤거렸다.

"그리고 이곳에 무인이 많은 이유는 얼마 전 소림에서 무인들을 초청해서 그렇습니다. 이곳 손님들 대부분이 소림사로 가는 무인들입지요."

"소림사에서 왜 무인들을 초청했소?"

진양이 묻자 점소이가 어깨를 으쓱였다.

"저도 거기까진 알 수 없지요."

"흠. 알겠소."

점소이가 돌아가고 나자 진양은 일행을 돌아보며 말했다.

"소림사로 가는 무인들이라면 틀림없이 정파의 사람들입니다. 괜히 시비를 걸어 소란스러운 일은 만들지 않는 것이 좋겠습니다."

"흥! 보아하니 전부 오합지졸들인데 소란이 일면 또 어떤가? 기분 나쁘면 전부 쓸어버리면 그만이지."

서요평의 말대로 객점에 들른 사람들은 그리 유명한 무인들이 아니었다.

하지만 괜한 시비에 말려들어 소동이 일어서는 좋을 것이 없었다.

진양은 서요평을 더 자극시키지 않고 조용히 음식만 기다렸다.

마침 점소이가 따끈따끈하게 구운 오리 구이를 들고 왔다. 음식에서 풍기는 향내가 그윽한 것을 보니 양념이 독특하면서도 맛있을 것 같았다.

서요평이 군침을 흘리며 막 젓가락을 드는데, 갑자기 객점 안이 쥐 죽은 듯 고요해지는 것이 아닌가.

진양 일행이 무슨 일인가 싶어 주위를 둘러보니, 모두 객점 입구만 바라본 채 멍하니 앉아 있었다. 진양 일행의 눈길도 자연히 그들의 시선을 따라 입구로 옮겨졌다.

"호오! 아름답군, 아름다워."

서운지가 예의 그 사람 좋은 미소를 그리며 감탄했다.

아닌 게 아니라, 입구에 나타난 여인 세 명은 굴곡있는 몸매가 여실히 느껴지는 얇은 경장을 입고 있었는데, 그야말로 화용월태(花容月態)라 이를 만한 모습이었다.

유설이 단아하고 청초한 아름다움을 내비치고 있다면, 이들은 그보다 관능적이면서도 도발적인 매력을 내뿜고 있었다.

두 여인은 허리에 날이 굽은 만도를 착용하고 있었고, 앞선 여인은 허리에 검정색 채찍을 띠처럼 두르고 있어 이들이 무인임을 바로 알 수 있었다.

그리고 여인들 사이에는 젊은 남자도 한 명 끼어 있었다.

제법 준수하게 생긴 청년이었는데, 척 보기에 무공은 그리 강해 보이지 않았다.

여느 때라면 그런 남자에게 눈길 한번 주지 않겠지만, 지금 객점의 무인들은 그 청년에게도 불같은 질투의 시선을 던지고 있었다.

그들의 머릿속에는 오로지 같은 생각이었다.

'저 비리비리한 약골이 어째서 저렇듯 아름다운 여인들에게 둘러싸여 있는 거지?'

청년은 객점을 한 번 휘이 둘러보더니 진양 일행을 보고는 흠칫거렸다. 그리고 곧 채찍을 두르고 있는 여인에게 다가가 귓속말로 무언가를 속삭였다.

그 모습이 마치 어른을 대하는 시동처럼 공손해 보였다.

그는 바로 앞서 복양현 어귀에서 서요평과 대화를 나눴던 그 남자였던 것이다.

청년의 말에 여인은 고개를 끄덕이더니 진양 일행이 있는 쪽으로 걸음을 옮기기 시작했다.

한데 그들이 몇 걸음 나아가기도 전에 한 건장한 체구의 사내가 길을 가로막았다. 그는 눈썹이 짙고 이목구비가 또렷한 미남이었다.

여인이 눈썹을 성큼 추켜올리며 바라보자 남자가 포권을 하며 말했다.

"낭자의 자태가 너무나 아름다워 그만 무례를 저질렀습니다. 혹 낭자께서도 소림으로 가는 길인지요? 그렇다면 우리와 함께하는 것이 어떻겠습니까? 아, 나는 태산(泰山)에서 온송대율(宋大律)이라고 합니다. 여기는 내 사제들인데, 이쪽은장비룡(莊非龍)이라 하고 여기는 육기릉(陸基陵)이라고 합니다."

송대율이 한 명 한 명 소개를 하자 장비룡과 육기릉이 자리에서 일어나며 포권했다.

하지만 여인은 싸늘한 눈초리로 그들을 슬쩍 훑어보았을 뿐 아무런 반응이 없었다.

반면 주위의 다른 무인들은 송대율의 소개를 듣고 나직이 수군거리기 시작했다.

태산파의 송대율과 장비룡, 육기릉은 산동 일대에서 제법 유명했던 것이다. 사람들은 이들을 태산삼협(泰山三俠)이라고 불렀는데, 적어도 이 객점 내에서는 이들보다 강한 자가 없었다.

그녀가 아무런 말도 없이 다시 걸음을 옮기려고 하자 송대율이 얼른 말했다.

"우리는 소림의 초청을 받고 가는 길입니다. 마침 우리는 협의가 바닥에 떨어진 강호 현실에 대해 비판하는 중이었습니다. 낭자께서도 협의에 관심이 있다면 우리와 함께 이야기를 나눠보시는 것은 어떨는지요? 정의에 대해서 심도있는 대화를 해보는 것도 좋지 않겠습니까?"

송대율이 끈덕지게 붙잡고 늘어지자, 여인은 그를 물끄러미 바라보았다.

송대율은 여인의 깊고 투명한 눈망울을 마주 보자 그만 머릿속이 멍해지는 듯했다.

이윽고 여인이 입을 열었다.

"정의든 협의든 약한 자는 백날 토론해도 지키지 못하죠."

옥구슬이 구르는 듯 아름다운 목소리였지만, 어투는 차갑기 그지없었다. 언뜻 조롱하는 눈빛도 섞여 있었다.

송대율도 상대의 비웃음을 느낀지라 내심 기분이 상했지만 겉으로는 내색하지 않고 말했다.

"과연 맞는 말입니다. 그래서 우리는 정의를 지키기 위해서라면 매일 같이 무공 수련을 해야 한다고 얘기를 나누는 중이었지요. 마침 낭자께서도 그런 말씀을 하시니 우리와 이야기가 잘 통할 것 같습니다. 혹 사문이 어찌 되시는지……?"

여인은 송대율을 가만히 바라보다가 고개를 살짝 젓더니 심드렁하니 말했다.

"비켜주세요."

"예?"

"비켜달라고요. 지금 제 길을 막고 있지 않나요?"

"아, 하지만 우리와 대화를 한번 나눠보는 것도……. 게다가 우리와 함께하면 낭자의 안전만큼은 확실히 보장받을 수 있을 겁니다."

그러자 지금껏 여인 뒤에서 가만히 서 있기만 하던 젊은 청년이 불쑥 나서며 화를 냈다.

"비키라는 말씀 못 들었소? 구질구질하게 왜 이러는 것이오? 태산파의 무인이라면 체통을 지키시오!"

그러자 장비룡이 눈빛을 날카롭게 빛내며 벌떡 일어섰다.

"감히 건방지게 끼어들다니! 구질구질? 도대체 너는 누구기에 그딴 말로 우리를 모욕한단 말인가?"

장비룡은 청년이 마치 여인과 같은 일행이 아닌 것처럼 취급하며 소리쳤다.

아까부터 여인의 까칠한 태도에 은근히 조바심이 나던 차에 이 겁없는 청년이 고맙게도 시비를 걸어준 것이다. 게다가 무례한 말을 내뱉었으니, 잠깐 무공을 뽐내며 위협을 준다면 여인의 마음이 돌아설지도 모른다고 판단했다.

청년도 지지 않고 소리쳤다.

"태산파의 이름을 내걸었으면 부끄러운 줄을 알아야지! 썩 비키시오!"

"놈!"

장비룡이 더 참지 못하고 막 검을 뽑아 들려고 할 때였다.

여인이 허리에 두른 채찍으로 손이 간다 싶더니 순간 빛살처럼 무언가 날아들었다.

쒜에엑!

쨍그랑! 쨍그랑! 쨍그랑!

태산삼협이 깜짝 놀라 고개를 돌리자, 어느새 여인이 채찍을 손에 감아쥐고 있었다.

그들의 눈길은 다시 탁자 위로 향했다.

탁자에는 술병과 접시, 그릇 등이 많이 놓여 있었는데, 그 중에서 세 개의 술잔만이 가루처럼 부서져 그 파편도 알아보기 힘들 지경이 되었다.

여인의 채찍이 정확히 술잔만을 노리고 날아가 깨부순 것이다.

객점의 누구도 여인이 이처럼 고강한 무공을 소유하고 있을 거라곤 생각지 못했기에 저마다 눈치를 보며 수군거렸다.

졸지에 체면이 땅에 떨어진 태산삼협은 어쩔 줄을 몰랐다. 그들도 이 여인의 무공이 자신들보다 훨씬 높다는 것을 알 수 있었던 것이다.

여인이 날카로운 목소리로 말했다.

"나는 언제나 세 번만 참지. 너희는 내게 세 번 잘못을 저질렀다. 첫째, 내 길을 가로막은 것. 둘째, 비키라는 내 말을 무시한 것. 셋째, 내 제자에게 폭언을 퍼붓고 협박한 것."

"제, 제자라니? 누구……?"

송대율이 어리둥절한 표정으로 물어보다가 문득 청년을 보고는 깜짝 놀랐다.

"그, 그럼 이자가……. 당신은 도대체 사문이……."

그러자 그녀 뒤에 있던 두 여인 중 한 명이 나서며 쌀쌀맞은 목소리로 말했다.

"이분은 우리 곡주님이시다! 그대는 예를 갖춰라!"

"곡주라면 어디……?"

"음귀곡(陰鬼谷)이라고 들어는 봤을 테지?"

"음귀곡!"

송대율을 비롯한 태산삼협이 모두 놀라 비명처럼 소리쳤다. 비단 그들뿐만 아니라 객점의 모든 사람들이 놀란 표정이었다.

무인들 중 상당수는 여인이 음귀곡주라는 것이 밝혀지자 일찌감치 자리를 접고 일어나 버렸다. 상당수의 무인들이 썰물처럼 빠져나가자 객점은 갑자기 텅 비어버린 느낌이었다.

음귀곡.

실제로 음귀곡이 어디에 있는지는 아무도 모른다. 아니, 있는지 없는지조차도 모른다.

음귀곡 무인들은 대다수가 여인들로 이루어져 있는데, 이들은 중원 어디에서나 뜬금없이 나타나기도 한다.

때문에 사람들은 음귀곡이라는 곳이 실제로 존재하지 않을 것이라고 말한다.

대신 음귀곡 여인들이 모여 있는 곳이 바로 음귀곡이 되는 것이다.

어쩌면 그래서 이름도 음귀곡인지도 모른다.

음귀곡주를 화나게 하면 쥐도 새도 모르게 음귀곡에 묻혀 세상에서 지워진다는 섬뜩한 말도 나돈다. 특히 음귀곡 미녀들이 사용하는 섭혼대법(攝魂大法)에 걸려들면 멀쩡히 눈 뜨고 저승길로 들어간다는 말까지 있다.

송대율은 생각지도 못한 상대의 신분에 할 말을 잃고 그저 멍하니 서 있었다.

음귀곡주가 그를 보며 다시 싸늘한 목소리로 말했다.

"비켜."

멍하니 서 있던 송대율은 마치 뭔가에 홀린 듯 한쪽으로 물러났다. 섭혼대법에 걸린 것은 아니었지만, 여인에게서 반항할 수 없는 위엄을 느낀 것이다.

그제야 음귀곡주는 곧바로 진양 일행에게 걸어갔다.

진양 일행 역시 지금까지의 상황을 빠지지 않고 지켜봤기 때문에 내심 긴장한 채 음귀곡주를 보았다.

서요평은 이번에도 매지향의 사주일 것이라며 투덜거렸다.

음귀곡주가 일행 앞에 멈춰 서자, 진양이 먼저 일어나 포권하며 인사를 건넸다.

"불초 양 아무개가 음귀곡주를 뵙습니다. 혹 제게 용무가 있으신지요?"

그러자 음귀곡주가 빙그레 웃으며 대답했다.

"양 관주님께서는 너무 예를 차리지 마세요. 소녀가 부끄럽습니다."

그녀의 나긋나긋한 말투에 객점 안에 남아 있던 사람들은 머릿속이 아찔할 지경이었다.

세상에 이처럼 달콤하고 아름다운 목소리가 또 있을까?

음귀곡주의 겉모습은 저렇듯 아름답다지만 실제로는 진양보다 나이가 훨씬 많을 터였다. 한데 스스로를 소녀라고 지칭하니, 그 묘한 어투에 남자들은 온몸이 떨릴 지경이었다.

송대율도 그 목소리를 듣자 뭐라 형용하기 힘든 질투심과 분노가 마음속에서 치솟았다.

'양 관주라고 했던가? 도대체 양 관주가 누구란 말인가? 태산파는 강호에서도 당당히 인정받는 명문 정파이다. 한데 어디서 듣지도 보지도 못한 관주에게 저리도 공손하게 굴면서 우리에게 이렇듯 무례할 수 있단 말인가!'

송대율은 주먹을 불끈 쥐었지만 섣불리 행동할 수가 없었다.

그때 다시 음귀곡주의 목소리가 꿈결처럼 달콤하게 들려왔다.

"양 관주님의 명성을 익히 들어 흠모해 오고 있었답니다. 이렇게 양 관주님을 뵙게 되니 저야말로 영광이에요."

"과찬이십니다. 저는 명성을 알릴 만한 행동을 한 적이 없습니다."

"호호호! 듣던 대로 겸손하시네요. 소녀는……."

음귀곡주는 말을 하다 말고 주위 사람들을 슬쩍 훑어보았다. 그러더니 뒤에 선 여인들을 향해 나직이 일렀다.

"주변이 신경 쓰이는구나."

그러자 여인 둘이 고개를 끄덕이더니 곧 객점의 사람들에게 밖으로 나가줄 것을 부탁했다.

뜻밖에도 그녀들은 어떠한 강요도 없이 매우 정중하게 부탁했다.

한데 객점의 무인들은 모두 뭔가에 홀리기라도 한 듯 고분고분 밖으로 나가는 것이 아닌가?

사실 여인들이 특별히 사술을 쓴 것은 아니었지만, 두 여인의 미모가 워낙 아름다운데다 이들이 음귀곡의 무인이라는 것을 안 이상 고분고분해질 수밖에 없었던 것이다.

하지만 송대율은 음귀곡의 여인들이 틀림없이 사술을 썼을 것이라고 생각했다.

객점의 모든 사람들이 나가자, 여인들은 마지막으로 태산삼협에게 다가왔다.

"죄송하지만 태산삼협도 자리를 비켜주시지 않겠어요?"

여인들의 나긋나긋한 말투에 태산삼협은 몸도 마음도 노곤하게 녹아버리는 듯했다. 사실 무너진 자존심만 아니었다면 당장에라도 나가주고 싶은 심정이었다.

하지만 송대율은 정신을 바짝 차리고는 고개를 저었다.

"우리가 왜 나가야 하오? 그리고 당신들이 뭔데 여기 있는 사람들을 모두 내보내는 것이오? 그딴 사술이 내게도 통할 거라고 생각하오?"

그러자 여인들이 고운 이마를 살짝 찌푸리더니 말했다.

"만약 나가지 않겠다면 무력을 쓸 수밖에 없어요."

"흥! 감히 태산삼협을 상대로 무력을 쓰겠다고? 어림없지!"

"마지막으로 정중히 부탁드립니다. 우리 곡주님께서 양 관주님과 대화하길 원하시니 객점을 나가주세요."

"싫소!"

송대율이 딱 잘라 거절했다.

"말로 해선 안 되겠군요."

순간 여인들의 말투가 얼음장처럼 싸늘해졌다. 사근사근해 보이던 그녀들의 눈빛도 전혀 다른 사람처럼 바뀌어 있었다.

이쯤 되자 송대율도 그냥 물러날 수는 없었다.

"흥! 어디 한번 해보자는 것인가?"

송대율을 비롯한 태산삼협이 일제히 검을 뽑아 들며 으르 렁거렸다.

분위기가 심상치 않자 음귀곡주가 가볍게 한숨을 내쉬고 는 태산삼협이 있는 곳으로 다가왔다.

"끝까지 무례하군!"

그녀의 냉랭한 말투에 송대율은 기가 차다는 표정으로 대 꾸했다.

"도대체 누가 무례한 것인지 모르겠군! 당신이 객점 사람 들을……."

음귀곡주를 돌아보며 화를 내던 송대율은 돌연 말끝을 흐 렸다. 그는 이 순간 갑자기 치솟아오르는 살심을 억누르기 힘 들었다. 동시에 호승심도 치솟았다.

그의 머릿속에 한 가지 생각이 떠올랐다.

'그래, 어차피 이 여자가 무공이 나보다 앞서니 이길 수 있 는 방법은 기습밖에 없다. 객점에 와서 횡포를 부린데다 모든 정도 문파에서 적대시하는 음귀곡주가 아닌가? 내가 기습했 다 하여 누가 나를 비난한단 말인가?'

순식간에 여기까지 생각이 미친 송대율은 갑자기 검을 돌려 쥐더니 음귀곡주를 향해 일검을 내뻗었다.

"앗!"

누구도 예상치 못한 기습이었기에 모두 깜짝 놀라며 외마디 비명을 질렀다.

단번에 날아간 그의 검봉은 음귀곡주의 목젖까지 순식간에 닿았다.

그런데 그 순간,

따앙!

날카로운 타격음과 함께 송대율의 검이 튕겨 날아갔다.

"크읏!"

송대율이 손목을 쥐며 비틀거렸다.

다른 사람들 모두 깜짝 놀라서 고개를 돌려보니 진양이 무서운 표정으로 노려보고 있었다. 송대율의 검이 음귀곡주의 목을 찌르기 직전, 진양이 던진 젓가락이 검신을 쳐낸 것이다.

이처럼 민첩하고 정확한 솜씨에 음귀곡의 여인들이 감탄한 눈빛으로 진양을 보았다.

송대율은 물론 태산삼협 모두 진양이 이처럼 강할 줄은 생각지도 못하고 있었기에 저마다 몹시 놀란 표정이었다.

송대율은 뒤늦게 두려움이 몰려오는지 뒷걸음질을 치다가 자신이 놓쳤던 검을 주워 들었다.

"내 오늘은 물러가지만 다음에 태산파를 만나거든 음귀곡 은 긴장해야 할 것이오!"

음귀곡주는 그저 생글 웃어 보일 뿐이었다.

송대율은 입술을 쿡 씹고는 몸을 홱 돌리며 소리쳤다.

"가자!"

마지막까지 버티던 태산삼협마저 객점을 나가고 나자, 이 제 실내에는 진양 일행과 음귀곡의 무인들밖에 남지 않았다.

졸지에 손님들이 모두 나가 버리자 객점의 점소이는 안절 부절못하는 표정으로 주방 근처에서 서성였다. 있던 손님들 을 모두 내쫓고 더 이상 손님을 받지도 못하게 생겼으니, 오 늘 장사에서 손해가 이만저만이 아닌 것이다.

하지만 음귀곡주와 진양이 무서워 함부로 말은 못하고 그 저 몇 걸음 떨어진 곳에서 우물쭈물할 뿐이었다.

이를 눈치챈 청년 무인이 싱긋 웃더니 품에서 꾸러미 하나 를 꺼내 점소이에게 던졌다.

"받으시오. 사례요."

점소이가 얼결에 꾸러미를 받아보니 제법 묵직한 것이 꽤 나 많은 돈이 들어 있을 것 같았다.

얼른 꾸러미를 풀어본 점소이는 곧 입이 귀밑까지 벌어지 더니 주방으로 달려들어 갔다.

잠시 후, 객점 주인이 싱글벙글한 표정으로 직접 나오더니 손을 삭삭 비비며 말했다.

"무슨 음식을 대령할까요?"

하지만 음귀곡주는 귀찮은 듯 손을 한 번 휙 저을 뿐이었다.

눈치 빠른 주인이 얼른 고개를 끄덕이고는 물러났다.

"예, 예, 그럼 대화 나누십시오."

그가 돌아가고 나자 음귀곡주가 다시 진양에게 다가가 부드러운 목소리로 말했다.

"음귀곡주 소봉옥(韶鳳玉)이라고 해요. 제 목숨을 구해주셨으니 어찌 감사를 드려야 할지……."

그러자 진양이 전에 없이 무뚝뚝한 태도로 대꾸했다.

"어찌 그러셨소?"

"무슨 말씀인지요?"

"소 곡주께서는 방금 기묘한 방법으로 태산파의 송 일협을 홀린 것이 아니오? 그가 곡주를 공격하게 한 다음 일부러 검을 피하지도 않았지. 왜 그런 것이오?"

소봉옥의 눈빛에 감탄의 기색이 스쳐 지나갔다.

그녀가 곧 부드럽게 눈초리를 휘며 대답했다.

"호호, 역시 양 관주님은 대단한 안목이시군요."

"송 일협이 곡주를 공격하기 전, 곡주의 전신에서 묘한 기운이 감도는 것을 느꼈소."

"역시 대단하세요. 사실 저는 한 가지 시험을 해보고 싶었어요."

"시험이라면?"

"양 관주님에 대해서는 귀가 닳도록 들었답니다. 현재 강호의 무인이라면 양 관주님을 모를 수가 없을 거예요. 특히 그분이 그처럼 칭찬을 하셨다니 소녀는 몹시 궁금했답니다. 그러다가 오늘 이렇게 기회가 되어 만나게 된 거지요."

여기까지 들은 진양은 이번에도 짚이는 바가 있어 물었다.

"그분이라면 풍 련주님을 말하는 것이오?"

"그건 자세히 말씀드리기 곤란하네요. 제가 너무 나서는 것을 그분이 싫어하실지도 모르니."

대답은 그렇게 했지만, 이미 그녀의 눈빛은 진양의 짐작이 맞다고 인정하고 있었다.

소봉옥이 말을 이었다.

"소녀는 정말 소문처럼이나 훌륭한 분인지 직접 알고 싶었어요. 그래서 아까와 같은 방법을 썼답니다."

"만약 내가 나서지 않았으면 어쩔 뻔했소? 조금이라도 늦었다면 소 곡주는 그 자리에서 목이 뚫려 죽었을 거요."

"이처럼 귀한 인연을 얻고 좋은 친구를 얻는다면 목숨을 걸어볼 만하지 않은가요? 그리고 저는 제 안목을 믿었답니다."

소봉옥이 싱긋 웃었다.

그 미소가 무척이나 아름다워 서요평과 서운지는 그저 입만 쩍 벌린 채 아무런 말도 하지 못했다.

평소 같았으면 서요평이 이런저런 불만을 투덜거렸겠지만, 그녀가 입을 연 이후로 서요평은 단 한마디도 내뱉지 못했다. 그만큼 그녀의 미모는 사람을 홀리는 무언가가 있었다.

한편 진양은 그녀의 대담한 말에 할 말을 잃고 말았다.

소봉옥이 다시 부드럽게 웃으며 물었다.

"양 관주님께서는 십지독녀를 쫓고 계시지요?"

"그렇소."

"십지독녀는 강호에서 적수가 몇 없을 정도로 대단한 고수일 텐데… 왜 그녀를 찾으시나요? 혹 실례되는 질문이었다면 대답하지 않으셔도 됩니다."

"실례될 것까지야……. 한 사람을 살리기 위해서는 그분을 반드시 만나야 되기 때문이오. 혹시 그분이 어디로 갔는지 알고 계시오?"

"물론이죠."

"어디요?"

"저희가 조사한 바에 의하면 십지독녀는 석가장(石家莊)으로 향한 것으로 알고 있어요."

"그렇군. 정말 고맙소."

진양이 소봉옥의 손을 덥석 잡았다.

그의 거침없는 행동에 소봉옥은 깜짝 놀랐지만, 얼굴만 살짝 붉힐 뿐 손을 빼내진 않았다.

진양이 그제야 실수를 깨닫고 얼른 손을 놓고 물러났다.

"소 곡주에게 정말 큰 도움을 받았소."

"그럼 소녀가 한 가지 청을 드려도 될까요?"

"물론이오. 무엇이오?"

"양 관주님은 필체가 무척 뛰어나다고 들었어요. 혹 실례가 아니라면 양 관주님께 글 한 수를 받고 싶어요."

"글이라면… 어떤……?"

"혹시 양 관주님께서는 저희 음귀곡에 대해서 아시나요?"

진양이 고개를 끄덕였다.

사실 무림인들에 대해서 아는 것이 별로 많지 않은 그였지만, 음귀곡에 대해서는 언젠가 접선선생 전학수로부터 들은 기억이 있었던 것이다.

그리고 이번에 송대율과 소봉옥이 서로 실랑이를 벌이고 있을 때, 진양은 사상이괴에게 음귀곡에 대해서 다시 자세히 물어보았다.

"대략은 알고 있소."

"그럼 다행이네요. 우리 음귀곡을 위한 글을 적어주시면 고맙겠어요."

"그런 거라면 어려운 일도 아니오."

진양은 흔쾌히 수락하며 점소이를 불러 문방사우를 챙겨 달라고 부탁했다.

모든 준비를 끝마쳤을 때 진양은 탁자에 서서 붓을 든 채 서운지가 했던 말을 떠올렸다.

"음귀곡의 미녀들은 마음의 상처를 입은 여인들이 대부분이라 오. 무림인에게 남편을 잃은 여인도 있고 부모나 아이를 잃은 여 인도 있소. 그런 여인들이 모여 서로 무공을 가르치고 배우면서 음귀곡이 만들어졌다고 하오. 실제로 음귀곡이라는 골짜기가 있 는지 없는지도 모르지만, 무인 중 그들을 모르는 자는 거의 없 소."

진양은 가만히 고개를 끄덕였다.

'그렇다면 이 시가 가장 어울리겠구나.'

생각을 굳힌 진양이 화선지에 붓을 대고 매끄럽게 글을 쓰 기 시작했다.

광초체로 춤을 추듯 이어지는 글씨는 마치 살아 있는 생물 처럼 신비롭기까지 했다.

　十里黃雲白日

北風吹雁雪紛紛

莫愁前路無知己

天下誰人不識君

십 리를 뻗은 구름 노을빛을 가렸는데

북풍에 눈 내리는 하늘을 기러기가 날아간다.

타향에 친구가 없다 하여 서러워 말아라.

천하에 누가 그대를 모르겠는가.

글을 모두 적은 진양이 붓을 내려놓자, 소봉옥은 꼼짝도 하지 않고 진양의 글씨만 내려다보았다.

이는 당대의 유명한 시인인 고적(高適)이 지은 것으로, 음귀곡의 무인들과 잘 어울리겠다는 생각이 들어 진양이 옮겨 적은 것이다.

소봉옥 역시 한때 학문을 익힌 적이 있는 여인이었는지 그 시를 알아보았다.

"고적의 시군요."

"그렇소. 이 별동대(別董大)가 음귀곡과 잘 어울리지 않을까 싶었소."

진양의 말을 끝으로 소봉옥은 다시 한동안 침묵했다.

시를 읽어본 사람들은 마음이 짠했다. 과연 음귀곡을 대입

해서 읽어보니 정말 그들의 이야기가 따로 없었던 것이다.

만약 여러 시를 알고 있다면 이러한 시를 떠올리는 것은 어렵지 않을 것이다.

하지만 소봉옥은 이처럼 그 풍경과 심상이 고스란히 가슴을 파고드는 섬세한 필체는 태어나서 처음 보았다. 글씨는 첫 글자부터 부드럽게 끝까지 이어지고 있었다. 선이 굵었다가 가늘어졌고, 다시 굵어지면서 마음을 요동치게 만들었다.

글자 하나하나가 마음속을 찌르는 듯 들어온 것이다.

새삼 음귀곡의 미녀들은 자신들의 처지가 되새겨진 탓인지, 아니면 필체에 감동을 받아서인지 눈물마저 글썽이고 있었다.

진양 일행은 괜히 숙연한 기분이 들어 누구도 말을 꺼내지 못했다.

소봉옥이 활짝 웃으며 말했다.

"태어나서 이토록 아름다운 글씨는 처음 보았어요."

"과찬을 받으니 몸 둘 바를 모르겠소."

"글씨를 보는 것만으로도 사람의 마음이 이처럼 위로받을 수 있다니… 정말 놀라워요. 소녀가 오늘 안목을 크게 키웠답니다."

"마음에 드신다면 다행이오."

"들고말고요. 이 시는 제가 잘 간직하고 있다가 훗날 음귀곡에 돌아가면 유능한 석공을 불러 곡 입구의 커다란 바위에 새겨 넣도록 해야겠어요. 그런데 석공이 과연 양 관주님의 필체를 본떠서 잘 조각할 수 있을지 모르겠군요. 하긴… 도저히 안 되면 그를 죽여 버리고 다른 사람을 쓰면 될 테니까……."

마지막 말은 소봉옥이 혼잣말처럼 중얼거렸다.

진양은 그녀의 독한 말에 내심 놀라서 말했다.

"그러지 마시오. 훗날 음귀곡으로 돌아간다면 꼭 나를 초청해 주시기 바라오. 그럼 내가 가서 바위에 직접 새겨 드리리다."

"정말 그렇게 해주실 건가요?"

"물론이오. 어려운 일도 아니지 않소?"

"그렇다면 정말 감사해요. 그때까지 죽지 마세요."

소봉옥이 생긋 웃으며 말했다.

진양은 이 아름다운 여인이 내뱉는 말마다 섬뜩해서 영 적응하기가 힘들었다.

하지만 이러한 것도 어쩌면 사랑하는 사람을 잃어 받은 상처가 여전히 남아 있기 때문일지도 모른다는 생각에 마음이 착잡했다.

진양은 부드럽게 웃으며 화제를 돌렸다.

"한데 음귀곡이라는 장소가 정말 있는 곳이오?"

그러자 소봉옥이 배시시 웃으며 답했다.

"글쎄요. 중원 각처가 음귀곡이지요."

모호한 대답에 진양은 그녀가 지금은 말하고 싶어하지 않는다는 것을 깨달았다.

그때 객점 주인이 음식을 푸짐하게 내왔다.

"헤헤, 시장들 하실 텐데 좀 드시지요."

하지만 소봉옥은 미련없이 몸을 돌렸다.

"오늘 만나서 반가웠어요, 양 관주님. 그럼 앞으로 우리는 친구 사이가 된 거죠?"

"친구로 여겨준다면 저야말로 영광이오."

소봉옥은 희미하게 미소 짓고 고개를 끄덕여 보이더니 이내 걸음을 옮겨 객점을 나갔다.

객점 주인이 차려놓은 음식을 어쩌지 못해 멀뚱히 서 있는데, 서요평이 그를 돌아보며 소리쳤다.

"이봐! 여기 음식들도 형편없군! 하지만 지금까지 먹은 것들 중에는 그나마 나은 것 같으니 지금 차려온 음식은 모두 챙겨 가겠네!"

"예, 예, 그렇지요."

주인이 얼른 대답하며 물러갔다.

서운지가 진양의 어깨를 툭 치며 말했다.

"가는 곳마다 우리를 돕는 사람들뿐이니 정말 하늘이 돕는구려. 하하하!"

하지만 진양은 하늘이 도와서가 아니라 이 모든 일의 배후에는 풍천익이 있다는 것을 알고 있었다. 풍천익이 발 벗고 나서서 도움을 주려는 의도는 아니었겠지만, 지나가듯 던진 그의 한마디에 여러 사람이 발 벗고 나선 것이리라.

　그러다 보니 진양으로서는 적지 않게 부담이 될 수밖에 없었다.

第七章

절체절명 (絶體絶命)

진양 일행은 소봉옥의 말을 듣고 석가장으로 향했다. 그들이 석가장 어귀에 다다랐을 때다.

전방에서 사람들이 웅성거리는 소리가 들려왔다.

서요평이 얼른 언덕 위로 달려가서 내려다보니 석가장 어귀에 한 무리의 인파가 모여 시끄럽게 떠들고 있었다. 그가 눈살을 구기고 가만히 살펴보니 모여든 자들이 모두 무인이었다.

"흥! 이번에야말로 십지독녀가 우리를 죽이려고 사주를 한 모양이구나."

그가 혼잣말처럼 중얼거린 소리를 언덕 아래에 있는 누군
가 들었는지 불쑥 목소리가 튀어나왔다.

"앗! 저기 사상이협이 아닌가?"

"음? 그렇군. 저분은 사상이협의 서요평 대협이시다!"

누군가 자신을 가리켜 대협이라고 부르니 서요평은 잠깐
기분이 우쭐해졌다.

하지만 그는 곧 생각을 고쳐먹었다.

'이것들이 나를 대협이라고 부르며 아부를 떠는 것을 보면
틀림없이 나를 방심하게 만들어 수작을 부리려는 속셈일 것
이다! 흥, 이 서요평이 그런 꼼수에 당할 듯싶은가?'

그러는 사이 진양 일행이 서요평의 곁으로 다가섰다.

진양이 서요평을 보며 물었다.

"무슨 일입니까?"

"보면 모르겠느냐? 저기 십지독녀의 사주를 받은 녀석들이
우리를 치려고 모였다."

진양이 고개를 돌려보니 과연 많은 무인이 모여들어 있었
다. 하나같이 인상이 험상궂고 묘한 기운을 내뿜고 있었는데,
분명 사파의 무인들인 듯했다.

진양은 지금까지 이렇게 많은 무인이 길거리에 모여 있는
것을 본 적이 없었다.

물론 금룡표국에서 지낼 때 다수의 무인을 만났고, 천상련

에서도 많은 무인과 대면했다.

하지만 이렇듯 길거리는 아니었다.

언덕 아래 모여 있는 무인들은 어림잡아 일백 명이 넘을 듯
했다.

그때 무인들 중 한 명이 경신법을 펼쳐 진양 일행이 있는
곳까지 한달음에 달려왔다. 그의 경신법이 워낙 빨라 사람들
모두가 찬탄을 금치 못했다. 그가 서요평을 향해 포권을 취하
더니 우렁찬 목소리로 말했다.

"사상이협을 다시 뵙게 되다니 영광입니다! 불초를 기억하
지 못하시겠습니까?"

서요평이 그를 힐끗 보더니 콧방귀를 뀌었다.

"흥! 나는 네놈을 모른다! 사주를 받았으면 무기나 들어
라!"

갑작스런 그의 말에 상대는 움찔 떨고는 서요평을 바라보
았다. 자신을 못 알아보는 서요평이 조금 서운한 듯했지만 크
게 내색하지는 않았다.

그때 서운지가 껄껄 웃으며 말했다.

"이게 누구십니까? 비천무영(飛天無影) 가신풍(賈迅風) 대
협이 아니십니까? 이렇게 다시 만나니 반갑습니다."

그제야 가신풍은 웃음을 띠고 대답했다.

"불초를 기억해 주시니 감사합니다."

"어찌 기억하지 않을 수 있겠소? 가 대협의 질풍 같은 경신법은 오늘까지도 잊지 못한답니다."

"과찬이십니다."

그러자 서요평이 서운지를 힐끗 돌아보며 물었다.

"지야, 네가 아는 자이냐?"

"형님도 알지 않수? 예전에 우리가 무당의 도인들에게 오해를 받고 쫓길 때 여기 가 대협이 도와주지 않았소? 가 대협이 뛰어난 경신법으로 그들을 혼란케 해주는 덕에 우리가 무사했잖소."

"흥! 그땐 도움을 받았는지 잘 모르겠지만, 오늘은 적으로 만났군."

가신풍이 어리둥절한 표정으로 물었다.

"적이라니요? 그게 무슨 말씀이십니까?"

"너희는 십지독녀의 사주를 받고 여기서 우리를 기다리던 것이 아니냐?"

그러자 가신풍이 껄껄 웃었다.

"그게 아닙니다. 이곳에 모인 자들 모두가 양 관주님을 돕기 위해 모인 것입니다."

그 말에 서요평은 물론 일행 모두가 깜짝 놀랐다.

지금까지 거룡방과 음귀곡에게 도움을 받긴 했지만 이렇게 많은 사람들이 도움을 주기 위해 모였다는 것이 놀랍기만

했다.

그때 무리 중 누군가 다시 훌쩍 날아와 일행 앞에 우뚝 섰다.

그는 지팡이를 들고 선 노인이었는데, 마치 신선처럼 백염을 가슴께까지 기르고 있었다.

"사상이협을 다시 보니 반갑소."

이번에도 서운지가 먼저 알아보고 인사를 건넸다.

"백염악선(白髯惡仙) 조위강(趙爲强) 대협이시군요. 다시 만나서 반갑습니다."

조위강은 고개를 끄덕여 보이더니 일행을 둘러보다가 진양을 보며 물었다.

"혹시 양 관주님?"

"예, 접니다."

"노부는 양 관주님을 돕기 위해 먼 곳에서 왔습니다. 잘 부탁드립니다."

"선배님께서는 너무 예를 차리지 마십시오."

"양 관주님은 이 시대의 영웅이십니다. 노부가 예를 차리는 것은 지극히 당연한 것입니다."

상대가 이렇게까지 나오니 진양도 더 이상 대꾸를 하지 못했다.

그때 다시 무리 중 누군가가 달려나왔다.

그는 제법 쌀쌀한 날씨임에도 소매가 찢어져서 없는 옷을 걸치고 있었는데, 마구 헝클어진 머리에 목에 새겨진 검상이 눈에 띄었다.

"사도성(司徒盛)이 양 관주님을 뵙습니다."

그러자 마치 다른 사람들도 약속이라도 한 듯 저마다 달려오며 인사를 건넸다. 한데 백여 명의 사람이 동시에 이름을 대며 외치자, 진양은 그들의 말 한마디도 알아들을 수가 없었다.

심지어 어떤 무인들은 서로 사이가 좋지 않은지 살벌한 기운을 풍겨내며 으르렁거리기도 했다.

모두 사파의 무인들이었는데, 각자 개성이 넘치다 보니 서로 반목하는 현상이 생겨난 것이다.

"내 앞에서 비켜라! 내가 양 관주님을 도울 것이다!"

"흥! 실력없는 것들이 더 큰소리를 치는군! 모두 물러나라! 내가 양 관주님을 도울 것이다!"

"이럴 것이 아니라, 양 관주님이 필요로 하는 사람만 남고 모두 물러가도록 합시다!"

"양 관주님께서는 우리를 처음 보시는데 어찌 가려내시겠는가? 일단 여기서 내 무공을 꺾을 자는 없을 테니 얌전히 물러가라!"

"누가 감히 내 앞에서 무공을 논한단 말인가? 나를 이길 자가 있다면 앞으로 나와라!"

언덕은 순식간에 사람들로 뒤덮여 아수라장이 됐다.

이는 진양이 우려하는 부분이기도 했다.

결국 진양이 내공을 끌어올려 말했다.

"모두 조용히 해주십시오!"

크게 소리친 것도 아닌데 그의 목소리는 웅후한 내력을 담고 있어 모든 사람들의 귓전에 또렷이 각인됐다.

모여든 무인 모두가 진양의 심후한 내공에 찬탄하지 않을 수가 없었다.

일순간 무인들이 침묵하니 언덕은 삽시간에 쥐 죽은 듯 고요해졌다.

진양이 천천히 말을 이어갔다.

"여러분의 뜻은 감사히 받아들이겠습니다. 우선 한 가지 묻고 싶은 것이 있습니다."

"무엇이든 물어보십시오!"

"말씀하십시오, 양 관주님!"

"아는 것이라면 무엇이든 대답해 드리겠습니다!"

사람들이 다시 목청을 높여 소리쳤다.

진양이 잠잠해지길 기다렸다가 입을 열었다.

"혹시 여러분은 십지독녀가 어디로 갔는지 알고 계십니까?"

그러자 모여 있던 무인들이 이구동성으로 소리쳐 대답했다.

"십지독녀는 지금 북평에 있습니다!"

진양이 고개를 끄덕였다.

"그렇군요. 그거면 됐습니다. 여러분 모두 저를 도와주신 겁니다. 하지만 이 이상의 도움은 정중히 사양하겠습니다. 제가 여러분을 만나 일일이 사례를 해야겠지만, 지금 저에게는 십지독녀를 만나는 것이 급선무입니다. 제 무례를 너그러이 용서해 주시기 바랍니다."

그러자 무리 중 누군가 소리쳤다.

"무례라니요? 당치도 않습니다! 양 관주님은 현 무림의 영웅이십니다! 저는 양 관주님을 존경해 마지않아 이렇게 달려온 것입니다! 감당하기 어려운 말씀은 거두어주십시오."

"그렇습니다! 양 관주님을 직접 만나본 것만으로도 영광입니다!"

다시 무인들이 여기저기서 소리쳤다.

진양이 다시 말했다.

"알겠습니다. 모두의 뜻에 진심으로 감사드립니다. 하지만 이 이상의 도움은 제가 부담스럽습니다. 그러니 그만 길을 비켜주시지 않겠습니까?"

그러자 모여든 무인들이 수군거렸다.

혹자는 서로를 탓하며 또 으르렁거렸다.

진양이 만약을 대비해 말을 덧붙였다.

"만약 이 자리에서 누군가 서로 싸워 상해를 입는다면 저는 여러분께 실망을 금치 못할 것입니다."

그러자 다시 무리 중 누군가 소리쳤다.

"그럴 리가 있겠습니까? 저희가 몸은 여럿일지라도 한마음으로 달려온 것입니다! 절대 서로 다투지 않을 것을 맹세합니다!"

이번에도 여기저기서 목숨을 걸고 싸우지 않겠다는 둥, 싸우게 되면 할복을 해버리겠다는 둥 거친 말이 튀어나왔다.

그때 무리 중 제일 앞에 서 있던 조위강이 하얀 수염을 쓸어내리며 물었다.

"양 관주님께서는 어찌 우리를 내치시는지요? 혹 우리가 마음에 들지 않는 것인지요? 이렇듯 많은 사람들이 모였으나, 마음에 드는 자가 한 명도 없으신 건지요?"

진양이 얼른 손사래를 쳤다.

"절대 그렇지 않습니다. 저는 이미 여러분께 도움을 받은 상황이고, 진심으로 감사하게 생각합니다. 하지만 이렇듯 많은 분들이 저와 함께 움직인다면 다른 사람이 보기에 상당히 이상하지 않겠습니까? 어쩌면 십지독녀가 우리 존재를 빨리 눈치채고 더욱 찾지 못할 곳으로 숨어버릴지도 모를 일이 아니겠습니까?"

진양의 말에 사람들이 말없이 고개를 끄덕였다.

확실히 이 많은 인파가 우르르 몰려다닌다면 관원들조차 이상하게 여기리라.

그러자 가신풍이 불쑥 물었다.

"그렇다면 우리 중 몇 명이라도 선별하시는 것은 어떻습니까?"

그의 말에 다시 사람들이 술렁였다.

"선별한다면 누굴 고르지?"

"그건 우리끼리 무공을 겨뤄봐야 알지 않겠는가?"

"흥! 그럼 분명히 내가 되겠군!"

다시 사람들이 흥분해서 떠들어대자 진양은 한숨을 내쉬고 난감한 표정을 지었다.

그때 서요평이 불쑥 나서더니 하늘이 쩌렁쩌렁하도록 소리쳤다.

"엠병할 잡놈들아! 당장 안 꺼져! 니미럴, 아무도 안 데려간다고 하잖냐!"

그의 목소리가 어찌나 큰지 사람들 모두 귀를 막고 인상을 썼다.

혹자는 거침없이 욕설을 뱉는 서요평이 몹시 마음에 들지 않았지만, 사상이괴의 명성을 익히 아는지라 감히 덤벼들지는 못했다.

진양도 표정을 굳히고 단호하게 말했다.

"여러분의 호의는 불초가 마음 깊이 간직하겠습니다. 이제 그만 모두 돌아가 주십시오."

진양이 굳은 표정으로 말하자, 사람들이 수군거리며 길을 터주었다.

진양은 양 갈래로 갈라선 사람들 사이로 저벅저벅 걸어갔다.

마침 그가 지나칠 때 누군가 물었다.

"혹시 우리 때문에 마음이 상하신 겁니까?"

"아닙니다. 하지만 더 이상 쫓아온다면 실망할 것입니다."

진양이 무뚝뚝하게 대답하고는 인파를 헤치고 걸어갔다. 하지만 무인들은 슬금슬금 진양의 뒤를 구름 떼처럼 따라갔다.

진양이 도저히 안 되겠다는 생각에 몸을 돌리고 매섭게 소리쳤다.

"이제 그만 쫓아오지 말라고 하지 않았소? 더 이러면 풍 련주님을 찾아가 이번 일에 대해서 따져 묻겠소! 호의가 지나쳐도 피해가 될 수 있다는 것을 왜 모르시오?"

그러자 사람들이 마구 술렁이기 시작했다.

사실 진양으로서는 그들을 돌려보내기 위해 거짓말을 한

것이다. 어쨌거나 자신을 위해 모인 사람들인데 어찌 풍천익에게 따질 수가 있겠는가?

하지만 이러한 협박 아닌 협박은 제법 효력이 있었다.

"양 관주님께 실례를 끼쳐서 진심으로 죄송합니다!"

누군가 소리치더니 길가의 숲 속으로 뛰어들어 갔다. 그를 선두로 무인들이 일사불란하게 흩어지기 시작했다.

그런 와중에 덩치가 큰 무인이 다가와서 진양 앞에 엎드려 절을 했다.

"부디 노여움을 풀어주십시오! 풍 련주님께만은 알리지 말아주시기 바랍니다!"

그는 진양의 대답을 듣기도 전에 어디론가 훌쩍 달아났다. 잠시 후 깡마르고 키 작은 사내가 다가와서는 진양 앞에 또 절을 올렸다.

"풍 련주님께 저 같은 놈을 봤다는 말씀은 부디 하지 말아주십시오! 제가 경거망동했습니다! 어디서든 양 관주님이 건강하시기를 바라겠습니다!"

그러더니 그 역시 진양의 대답도 듣기 전에 몸을 날려 사라졌다.

그토록 많던 사람들이 눈앞에서 사라지기까지는 불과 큰숨 한 번 쉴 정도의 시간밖에 걸리지 않았다.

모든 무인이 눈앞에서 사라지고 나자 서요평이 킬킬거렸다.

"클클클! 꼴좋다! 옘병할 놈들!"

어쨌거나 겨우 사람들을 물리친 진양은 안도의 한숨을 내쉬고는 다시 걸음을 옮기기 시작했다.

석가장에서 하룻밤을 묵은 진양은 다음날 곧바로 북평을 향해 출발했다.

처음 나설 때 얼마나 먼 길을 얼마 동안 가야 할지 모르는지라 말을 타지 않았는데, 이제는 목적지가 분명히 정해졌으니 최대한 빨리 가기 위해 말을 세 필 구입했다.

밤낮 쉬지 않고 달린 진양 일행은 머지않아 북평에 도착했다.

당시 북평은 연왕 주체(朱棣)가 통치하고 있었는데, 그는 군사적 요충지로 황폐해졌던 북평을 완전히 새로운 도시로 탈바꿈시켰다. 해서 길거리마다 오가는 사람들이 무수히 많았고, 저잣거리는 활기로 넘치고 있었다.

진양 일행은 변두리에 위치한 객점에 들어가서 묵기로 결정했다.

석가장에서 한바탕 소란이 있고 나서부터는 더 이상 진양을 쫓아오거나 만나려는 무인들도 보이지 않았다.

그동안 도움을 받아 여기까지 왔는데, 막상 북평에 도착하니 다시 또 막막해지는 것은 어쩔 수가 없었다.

진양이 석반을 먹으며 말했다.

"사람이 참으로 간사한가 보오. 도움을 받을 때는 몰랐는데 이제 도와주는 사람이 없으니 또 도와줄 누군가를 기다리는 심정이니……."

유설이 빙그레 웃으며 대답했다.

"그 정도로 간사하다고 자책하면 세상 사람들은 죄책감에 시달리다가 죽을 거예요."

진양은 말없이 빙그레 웃었다.

진양 일행은 그날 밤 일찌감치 잠자리에 들었다가 다음날부터 십지독녀의 행방을 찾기 시작했다.

하지만 여기저기 돌아다니며 수소문해도 그녀의 종적을 찾기란 여간 어려운 일이 아니었다.

사흘이 지나도 성과가 없자 진양은 한밤에 객방에 드러누워서도 쉽게 잠을 청하지 못했다.

'어서 돌아가서 소 낭자를 치료해 줘야 할 텐데… 시간만 자꾸 흐르는구나.'

이리저리 뒤척이던 진양은 도무지 잠이 오지 않아 창가로 걸어가 창문을 활짝 열었다. 쌀쌀한 밤공기가 방 안으로 훅 밀려들어 왔다.

그때였다.

쒜에엑! 쒜엑!

무언가 번쩍이며 날아들더니 날카로운 파공음이 이어졌다. 진양이 얼른 몸을 뒤채며 어둠 속에서 날아드는 물체를 피했다.

탁! 타닥!

진양이 얼른 창가로 몸을 숨기며 벽을 바라보니, 소형 암기 세 자루가 깊숙이 박혀 있었다. 스며든 달빛에 비친 암기는 벽에 박힌 부분이 거뭇했다. 필시 독을 발라놓은 것이리라.

'역시 맨손으로 잡지 않길 잘했군!'

진양은 조심스럽게 고개를 내밀어 창밖을 보았다.

마침 건너편 건물 지붕 위에서 하얀 옷자락을 펄럭이는 여인이 달빛을 받으며 서 있는 것이 보였다.

'십지독녀!'

순간 진양은 창틀을 밟으며 순식간에 건너편 지붕으로 몸을 날렸다.

매지향은 진양이 날아오는 것을 보고는 얼른 몸을 돌려 어디론가 쏜살같이 달리기 시작했다. 진양도 더욱 속도를 높여 그녀를 뒤쫓았다.

이미 매지향은 내상을 완전히 치료한 뒤였기에 경신법이 결코 뒤처지지 않았다.

앞서 달리던 매지향이 지붕을 타고 이동하며 다시 암기를 던졌다.

쒜에엑! 쒜엑!

그때마다 진양은 훌쩍 뛰기도 하고 구르기도 하면서 정신 없이 피했다.

"흥! 네놈이 여기까지 날 쫓아왔구나!"

"잠깐 기다려 주십시오! 저는 매 선배님과 싸우고자 하는 것이 아닙니다! 소 낭자를 구하기 위해 온 것입니다!"

"소 낭자가 누구더냐?"

"매 선배님의 제자인 소 낭자 말입니다!"

"흥! 누가 내 제자란 말이더냐? 내 옛날 제자는 네놈이 빼 앗아가지 않았느냐? 내 정인도 네놈이 빼앗아갔고, 이제는 내 제자도 네놈이 빼앗아갔다! 네놈은 내게서 모든 것을 빼앗아 갔지! 그러고도 또 뭔가를 달라는구나! 뻔뻔한 놈!"

"선배님, 분노는 이성을 잃게 합니다. 마음을 차분히 하시 고 천천히 생각해 보십시오. 무엇이 선배님을 그렇게 화나게 하는 겁니까? 제가 돕겠습니다."

"네가 돕는다고? 호호호! 그러고 보니 너는 내게서 젊음도 빼앗아갔지! 이제 내 얼굴에는 전에 없던 주름이 생겼다! 이 게 전부 너 때문이다! 너 때문이라고! 네가 도울 방법? 간단하 지! 네놈이 그냥 죽으면 돼!"

한참을 달아나던 매지향이 돌연 몸을 돌리더니 진양을 향 해 부채를 곧장 찔러왔다.

진양은 달려가던 속도를 이기지 못해 얼른 옆으로 몸을 내던졌다. 다행히 부채는 아슬아슬하게 피했지만, 진양은 지붕 위에서 속수무책으로 떨어질 수밖에 없었다.

우당탕!

거친 소리와 함께 진양은 길바닥에 마구 굴렀다.

매지향은 그런 진양을 내려다보고 코웃음을 치더니 다시 달리기 시작했다.

다행히 진양은 추락하는 순간 체내에서 호체신공이 발동해 외상을 입지는 않았다.

진양은 얼른 정신을 차리고 다시 매지향을 뒤쫓기 시작했다.

그녀는 곧 북평 외곽으로 빠져나가더니 숲길을 따라 거침없이 달리기 시작했다.

진양은 그녀를 뒤쫓으면서 객점에 남아 있을 유설이 걱정되어 잠시 망설였다.

하지만 곧 사상이괴가 함께 있다는 것을 상기하고는 매지향을 쫓는 데 전력을 다했다.

매지향은 가는 곳마다 독을 뿌려두었기 때문에 진양이 그녀를 쫓는 것은 결코 쉬운 일이 아니었다.

경신법을 펼쳐 뒤쫓으면서도 혹시 나무 기둥에 묻은 독은 없는지, 묻어 있다면 몸에 닿거나 숨을 들이마시지 않도록 주의해야만 했다.

그러다 보니 자연히 추격 속도가 점점 떨어지고 매지향과의 격차는 벌어지기만 했다.

그렇게 얼마나 달렸을까?

서서히 등 뒤에서 해가 떠오르고 그림자가 앞으로 길게 늘어졌다.

동이 튼 것이다.

어두운 밤에 정신없이 쫓을 때는 방향을 제대로 알 수 없었는데, 해가 뜨고 보니 진양은 지금 서쪽으로 줄곧 내달렸다.

날이 완전히 새고 정오쯤이 되었을 때, 매지향은 높은 산을 향해 오르기 시작했다.

바로 북평 서쪽에 위치한 소오태산(小五台山)이었다.

매지향은 특히 산새가 험한 곳만 찾아 달렸기에 진양은 갈수록 추격이 어려워졌다.

하지만 앞서 달리던 매지향도 이제는 힘이 드는지 조금씩 그 속도가 줄어들고 있었다. 그 모습에 진양은 더욱 힘을 내서 뒤쫓았다.

가시덤불을 헤치고 달리는가 하면, 까마득한 낭떠러지를 옆에 끼고 외길을 따라 달리기도 했다.

이윽고 매지향이 더 이상 달릴 곳이 없어 멈춰 선 곳은 상당히 독특한 지형이었다. 사방이 우뚝 솟은 봉우리로 둘러싸인 곳이었는데, 터의 한가운데에는 화산의 분화구처럼 깊은 구덩이가 파여 있었다.

사람이 이곳을 찾아오기란 쉽지 않은 터라 오랜 세월 자연 속에 감춰진 곳인 듯했다.

구덩이는 꽤나 널찍했는데, 그 안을 들여다보면 깊이를 가늠할 수 없는 어둠이 가득 차 있었다.

진양이 이곳에 도착했을 땐, 매지향은 구덩이 반대편에서 호흡을 가다듬고 있었다.

매지향은 머리가 희끗희끗 세어 있었는데, 지난번 진양과 공력으로 다투느라 나타난 현상이었다. 게다가 눈가에도 주름이 두어 가닥 잡혀 있었다.

하지만 그녀 본연의 아름다움은 여전했다.

그녀가 진양을 차갑게 흘겨보았다.

"흥! 끝까지 쫓아오는군!"

"선배님, 그래도 소 낭자를 살려야 하지 않겠습니까?"

"그 아이는 내 가슴에서 지웠다. 네가 빼앗아갔으니 그 뒷일은 네가 할 일이지! 나와는 상관없다!"

"어찌 그리 박하게 말씀하십니까? 그래도 한때 선배님의 제자이지 않았습니까?"

"나의 제자들은 임패각에게 죽었고, 너에게 빼앗겼다. 나는 제자가 없다. 내가 가슴에 품었던 사람들은 모두 너에게 빼앗겼다."

진양은 한숨을 내쉬고는 수호필을 꺼내 들었다.

"우선은 해독약이 급하니 후배의 무례를 용서하십시오."

"네깟 녀석이 내게서 해독약을 빼앗을 수 있을 것 같으냐?"

"시도는 해야지요."

"흥!"

진양은 구덩이를 사이에 끼고 천천히 옆으로 걸음을 옮겼다. 그에 따라 매지향도 걸음을 옆으로 옮겼다. 두 사람이 구덩이를 사이에 두고 빙글빙글 돌던 중,

타앗!

진양이 번쩍 몸을 날리더니 한 번의 도약으로 구덩이를 가로지르며 넘어왔다.

매지향은 그가 구덩이를 뛰어넘어 덤벼들 줄은 생각지도 못했기에 깜짝 놀라며 옆으로 피했다.

쉬이잇!

까앙!

날카롭게 뻗어나간 수호필은 부챗살에 막혀 튕겨 나갔다. 이어 매지향이 몸을 뒤채며 재빨리 암기 두 자루를 던졌다.

쒜엑! 쒜에엑!

땅!

진양이 한 자루의 암기는 피하고 나머지 한 자루는 수호필로 쳐낸 뒤에 다시 매지향의 품으로 파고들었다.

　"흥! 어딜!"

　매지향이 코웃음을 치며 부채를 활짝 펼쳐 수호필을 막았다.

　검날처럼 빳빳하게 곤두선 은잠사의 붓털이 펼쳐진 부채에 막히며 불똥이 튀었다.

　까앙!

　진양은 곧바로 왼손을 내찔러 매지향의 견정혈을 노려갔다.

　그때 매지향이 순간적으로 독공을 운기하자, 그녀의 몸이 삽시간에 푸르게 변했다. 이를 눈치챈 진양이 멈칫하다가 손가락을 움츠리고 훌쩍 물러났다.

　만약 그대로 손가락을 내찌른다면 매지향을 마비시킬 수는 있어도 자신이 독에 당하고 말 터였다.

　매지향이 눈초리를 휘며 비웃었다.

　"호호호! 겁나느냐?"

　"소 낭자를 살리기 위해선 조심해야지요."

　"흥! 끝까지 위선을 떠는구나!"

　그때였다.

　사방에서 미세한 소리와 함께 미묘한 기척이 느껴졌다.

츠츠츠춧!

진양이 주위를 둘러보니 아무것도 보이지 않았다.

그러나 매지향은 그 소리가 어디서 나는지 알고 있는 듯 회심의 미소를 지었다.

"너는 오늘 여기서 죽을 것이다."

진양이 눈썹을 흠칫 찡그리는데, 마침 구덩이 안에서 거뭇한 무언가가 기어 올라오는 것이 아닌가?

제일 처음에 보인 것은 몸이 엄지처럼 가느다란 검은색 뱀이었다. 검은 뱀 수십 마리가 기어오르는가 싶더니 이제는 풍뎅이처럼 작은 곤충과 거미 따위가 셀 수도 없이 많이 나타났다.

곤충의 등은 점점이 붉은 반점과 녹색 반점이 섞여 있었는데, 척 보아도 그것들이 독충이라는 것을 바로 알 수 있었다.

츠츠츠츠!

독충들은 순식간에 사위를 포위했다.

하지만 진양이 내뿜는 강한 호신강기 때문에 독충들이 쉽사리 범접하지는 못했다.

"독충을 불러들인 거군요."

"네놈을 죽이기 위해서라면 뭐든 불러들여야지."

진양은 더 이상 말을 섞지 않고 바닥을 박차며 날아올랐다. 시간이 길어져 봐야 좋을 것이 없었다.

그가 번개처럼 날아가 수호필을 내찌르자 매지향 역시 부채를 활짝 펼치며 막아냈다. 두 사람 사이에서 불티가 휘날리고 요란한 쇳소리가 연이어 울렸다.

진양은 시간이 갈수록 점점 강맹 일변도로 나아갔고, 매지향은 부드럽고 유연한 움직임으로 그를 맞상대했다.

두 사람의 움직임이 어찌나 빠른지 만약 다른 사람이 이 자리에 있었더라면 결코 이들의 손발을 눈으로 좇지 못했을 것이다.

진양과 매지향이 격하게 서로 부딪치는 동안, 주위를 포위한 독충들은 '츠츠츠!' 소리를 내며 물러났다가 모여들기를 반복했다.

기회만 포착되면 언제든 진양을 물어뜯을 속셈인 것이다.

그렇게 얼마나 눈부신 싸움을 전개했을까?

진양의 수호필이 순간 매지향의 소매를 길게 찢어내며 지나갔다.

부우욱!

이어서 매지향의 부챗살도 진양의 복부를 내찔렀다.

이때쯤 진양은 호신강기를 한껏 끌어올리고 있는 터였기에 아무런 외상도 줄 수가 없었다.

하지만 갑작스런 반격이라 진양이 깜짝 놀라 뒤로 물러났다. 외상은 피할 수 있더라도 독공에 당하면 난감한 노릇이었다.

한데 몸은 이상할 정도로 멀쩡했다.

분명 매지향이 부챗살을 찌를 때 그 끝이 시퍼렇게 독기로 맺혀 있는 것을 보았던 것이다.

매지향이 히죽 웃으며 물었다.

"어째서 독에 당하지 않았는지 궁금한 모양이군."

진양이 궁금한 눈빛으로 바라보자 매지향이 말했다.

"네놈은 예전에 독에 당한 적이 있지. 그 뒤에 내 독으로 치유를 받은 적이 있다. 그때 이미 너는 독에 대한 내성을 길렀다. 하지만 지난번 대별산 정상에서 나는 너에게 전혀 다른 종류의 독을 사용했다. 물론 그것은 담화가 당한 것과 같은 것이다. 그런데 그것 역시 너는 해독약을 먹고 치유하면서 더욱 내성이 강해졌지. 그러니 내 부채를 맞고도 멀쩡한 것이야."

진양이 포권을 취하며 답했다.

"은연중에 선배님의 도움을 받은 셈이군요. 감사드립니다."

"흥! 감사하기에는 아직 이르지!"

매지향이 순간 바닥을 박차며 진양을 향해 쇄도해 들어왔다.

이번 일격은 몹시 위협적이었다.

자신의 몸은 전혀 생각하지 않고 상대를 해하는 것에만 모든 신경을 쏟아붓는 공격이었다. 어찌 보면 동귀어진을 각오한 필살의 무공이었다.

　진양이 깜짝 놀라 물러났지만, 매지향이 악착같이 따라붙었다.

　결국 진양도 어쩔 수 없이 수호필을 내찌르며 매지향에게 반격을 가했다.

　진양의 수호필이 매지향의 옆구리 깊숙이 박혀들었다.

　푸욱!

　동시에 매지향의 부챗살이 진양의 왼쪽 가슴을 찔렀다.

　하지만 매지향의 말대로 진양은 독에 대한 내성이 생겼는지 타박상을 제외하고는 어떤 상처도 입지 않았다.

　진양이 얼른 내공을 거두며 수호필을 뽑아내자, 매지향의 옆구리에서 붉은 피가 울컥울컥 쏟아져 나왔다.

　매지향이 비틀 한 걸음 내딛더니 앞으로 고꾸라졌다.

　진양이 얼른 그녀를 부축하며 앉혔다.

　"네놈이 결국 나를……."

　진양은 착잡한 표정으로 말했다.

　"죄송합니다, 선배님. 반드시 치료해 드리겠습니다."

　매지향은 이제 싸울 기력도 없어 보였다. 그저 굵은 눈물만 흘리고 있을 뿐이었다.

그 모습을 보고 있자니 진양은 괜히 마음이 짠해서 함부로 몸을 뒤지기가 쉽지 않았다.

진양이 포권을 취하며 말했다.

"선배님께서 더 이상 싸울 의사가 없다면 제게 약병을 건네주시지 않겠습니까?"

매지향은 한차례 진양을 표독스럽게 노려보다가 이내 체념한 듯 품에서 두 개의 약병을 꺼냈다.

그녀가 진양에게 천천히 약병을 내밀다가 돌연 구덩이 쪽으로 팔을 불쑥 내뻗었다. 만약 그녀가 손을 펼치기라도 하면 약병은 모두 까마득한 구덩이 안으로 떨어지고 말 터였다.

진양이 놀라서 소리쳤다.

"선배님!"

"흥! 이 싸움에서 나는 졌다. 네가 나를 죽였어야 하건만, 내게 모욕을 주기 위해 살려놨지?"

"그럴 리가 있겠습니까? 이번에는 운이 좋았지만, 선배님을 모욕 드릴 생각은 추호도 없었습니다. 믿어주십시오. 저는 단지 선배님께 해독약만 받아갈 생각이었습니다."

매지향은 뭔가를 생각하는 듯 이리저리 눈알을 굴리더니 다시 말했다.

"좋아, 그럼 둘 중 하나를 선택해. 하나만이 담화를 구할 수 있는 해독약이다. 다른 하나는 구덩이 안으로 던져 버릴 것이야."

진양이 아연한 표정으로 약병만 바라보았다.

약병은 똑같이 생겨서 어떤 것이 해독약인지 전혀 구분할 수가 없었다. 다만 다른 점이 있다면, 하나는 마개가 붉은 천으로 감싸여져 있었고, 다른 하나는 파란색 천이라는 것이다.

매지향이 독촉했다.

"어서 정해! 셋을 세는 동안 정하지 않으면 두 가지 해독약 모두 구덩이 안으로 던져 버리고 나도 뛰어내리겠다!"

진양이 어쩔 수 없이 하나를 말했다.

"붉은색으로 하겠습니다."

그의 말에 매지향이 미련없이 파란색 약병을 놓아버렸다. 약병 하나가 까마득한 구덩이 안으로 떨어지는 것을 본 진양은 마른침을 꿀꺽 삼켰다.

'만약 저게 진짜 해독약이면 큰일이구나.'

매지향은 약속대로 남은 약병을 진양에게 던져 주었다.

진양이 얼른 받아서 마개를 열어보았다. 만약 이 해독약이 가짜라면 어떻게든 매지향을 데리고 가서 해독약을 만들어 달라고 구슬려야만 했다.

진양은 일전에 해독약을 직접 마셔본 적이 있기 때문에 냄새를 맡는다면 구분할 수 있을 것이라 여겼다.

진양이 향기를 맡아보니 쓴 약향이 코끝을 찔렀다. 동시에 머릿속이 맑아지면서 몸이 나른해졌다.

한데 다음 순간 정신이 아찔해지면서 현기증이 일어나는 것이 아닌가?

'이건… 아니다!'

진양이 흠칫 놀라는 순간이었다.

매지향이 번개처럼 빠른 손놀림으로 부채를 집어 던졌다. 암기처럼 곧게 날아간 부채가 정확히 진양이 들고 있는 약병을 쳤고, 안에 담긴 약물은 진양의 몸을 흠뻑 적시며 흘러내렸다. 진양과 매지향은 비교적 가까운 거리였기에 그 약물은 매지향에게도 상당량 튀었다.

그 순간 놀라운 일이 벌어졌다.

지금까지 진양의 호신강기에 기가 죽어 몸을 사리던 독충들이 갑자기 벌 떼처럼 달려들기 시작한 것이다.

츠츠츠츳!

수천 마리의 독충이 어찌나 빠르게 달려드는지 진양은 미처 피할 겨를이 없었다.

매지향이 깔깔거리며 웃음을 터뜨렸다.

"여기 있는 독충들이 너의 호신강기에 몸을 사렸지만, 이제 녀석들은 죽음을 불사하고 너에게 달려들어 몸을 물어뜯을 것이다! 방금 네가 뒤집어쓴 약은 바로 이 아이들이 가장 좋아하는 독이지! 비록 사람에게는 치명적이진 않지만, 이 녀석들에게는 천하에 둘도 없는 먹잇감이란다! 호호호!"

과연 그녀의 말대로 주위에 포진해 있던 독충은 진양을 향해 미친 듯이 달려들었다.

진양은 한껏 호신강기를 끌어올리며 저항했지만, 온몸을 수천 마리의 독충이 기어다니며 물어뜯고 있으니 간지러운 그 느낌만큼은 어쩔 수가 없었다.

그러다 보니 자연 호흡이 흐트러지고 기가 산만해졌다.

그 순간 발목이 따끔했다.

호신강기가 흔들리면서 뱀이 발목을 물어뜯은 것이다. 진양은 머릿속이 깜깜해지면서 한 걸음 주춤 내디뎠다.

그 순간 진양의 눈에 매지향이 보였다.

한데 그녀 역시 독충들에게 둘러싸여 죽어가고 있는 것이 아닌가?

매지향은 애초에 자신도 함께 죽을 각오를 하고 그 약물을 만든 것이다. 그리고 이곳까지 진양을 유인했던 것이다.

진양은 점점 몽롱해지는 의식 속에서 팔다리를 마구 휘두르며 독충을 떨어뜨려 내려고 했지만 모두 소용없는 짓이었다.

이제는 온 전신이 따갑고 가려웠다. 뱃속에서는 용광로처럼 뜨거운 기운이 소용돌이 치고 있었다.

"아아악!"

매지향의 비명이 먼저 터졌다.

그녀는 웃음인지 울음인지 모를 것을 토해냈다.

"호호호흐흑! 결국 이렇게 끝이구나! 한 많은 세상, 이렇게 끝이구나! 흐흑! 호호!"

비틀거리던 진양은 점점 정신이 몽롱해져 갔다. 그리고 그가 막 한 걸음 내디딜 때, 문득 발밑이 허전한 느낌이 들었다.

구덩이의 허공을 디딘 것이다.

그 순간 진양은 빠르게 어둠 속으로 추락하기 시작했다. 진양은 끝없이 추락하며 흐려지는 의식 속에서 한탄했다.

'정말 이대로 끝이란 말인가? 유 낭자가 나를 북평에서 마냥 기다리지는 않을까?

유설을 비롯해 그동안 만난 사람들과 겪은 세월이 주마등처럼 스쳐 지나갔다.

'진양아, 양진양아! 이 바보천치야! 매 선배에게 그토록 당하고도 또 당하는구나! 만약 한 번만 더 살아날 수 있다면 달라지겠건만, 깨달음은 언제나 너무도 늦구나.'

다음 순간, 정신이 확 깰 만큼 차가운 물이 진양을 덮쳤다.

풍덩!

'이 아래에 물이 있었구나.'

깊이 가라앉은 진양은 벽 틈으로 빠져나가는 수로로 빨려 들어갔다. 땅속의 물줄기를 따라 진양은 그렇게 빠르게 어디론가 흘러갔다.

　'어차피 이렇게 죽으나 저렇게 죽으나 매한가지가 아닌
가.'

　진양은 자신의 몸이 물속에 가라앉아 어디로 떠내려가는
지도 모른 채 그렇게 의식을 잃어갔다.

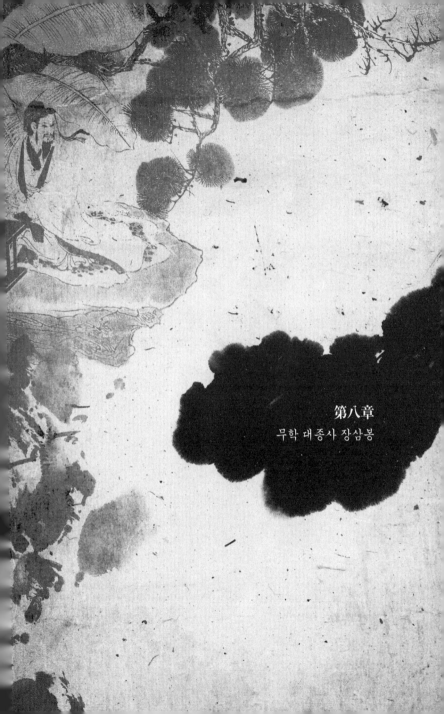

第八章

무학 대종사 장삼봉

神筆天下
신필천하

열린 창으로 스며든 햇빛이 진양의 눈썹을 간질였다.

진양은 천천히 눈을 떴다.

제일 먼저 보인 것은 낡고 허름한 천장이었다. 방 안에는 약향이 가득했는데, 몹시 쓴 향기임에도 그리 싫지가 않았다. 어쩐지 냄새를 맡고 있는 것만으로도 머릿속이 맑아지는 듯 했다.

천천히 고개를 돌려보니 열린 창밖으로 맑은 하늘과 멀리서 물 흐르는 소리가 들렸다.

'여기가… 어디지?'

기억을 더듬어보았지만 이런 비슷한 곳은 본 적도 없었다.

진양은 자신이 어쩌다가 이런 곳에서 깨어난 것인지 곰곰이 생각해 보았다.

'내가 왜 이곳에 있는 거지? 여긴 어딘가? 나는 무엇을 하고 있었나?'

순간적으로 기억에 혼란이 왔다.

하지만 마음을 차분히 한 다음 기억을 되짚어보니, 가장 마지막 순간이 떠올랐다.

그 순간 진양은 눈을 번쩍 떴다.

"아! 소오태산에서!"

저도 모르게 소리친 진양은 자신의 목소리에 오히려 깜짝 놀라고 말았다. 잔뜩 쉬어버린 목소리가 튀어나왔던 것이다.

그제야 진양은 자신의 몸 상태를 알아보기 위해 급히 몸을 일으켰다.

하지만 다음 순간 진양은 머릿속이 핑 돌면서 몸을 제대로 가누지도 못했다. 고개만 살짝 들었을 뿐인데, 전신의 근육을 모조리 움직인 기분이었다.

"큭!"

결국 진양은 일어나길 포기하고 다시 드러누운 채 숨을 몰아쉬었다.

낡은 천장이 빙글빙글 돌고 헛구역질이 올라왔다. 마치 지칠 때까지 전력질주를 하고 난 느낌이었다. 하나 뱃속에 든 것이 없는 탓인지 목구멍으로 치밀어 오르는 것은 아무것도 없었다.

한참 동안 심호흡을 한 진양은 고개만 돌리고 창밖을 바라보았다.

창밖의 풍경은 마치 이 세상의 것이 아닌 것처럼 평화롭고 아름다웠다.

지상에서는 파릇파릇한 새싹이 돋아나고, 먼발치에는 냇물이 은빛으로 반짝이며 흘러가고 있었다. 산들바람에 따라 풀잎이 누웠다가 다시 일어나기를 반복했다.

'극락세계가 따로 없구나.'

진양이 내심 감탄하고 있는데, 마침 냇가가 있는 먼발치에서 하얀 옷을 입은 사람이 휘적휘적 걸어오고 있었다. 걸음걸이로 보아 분명 진양이 있는 곳으로 다가오는 것이 틀림없었다.

'저분이 나를 구해준 것일까?'

가까이 다가오는 사람을 자세히 살펴보니 도골선풍의 풍채를 지닌 노인이었다. 그는 백염이 성성하고 얼굴 가득 잡힌 주름에서는 세월의 흔적을 읽을 수 있었다.

하지만 눈빛이 맑고 푸르며 걸음걸이가 한결같은 것으로 보아 상당한 수양을 쌓은 사람임이 틀림없었다.

그는 창밖에서 진양을 보더니 껄껄 웃었다.

"허허허, 오늘쯤 깨어날 것이라고 생각했다네. 몸은 괜찮은가?"

노인은 마치 원래부터 알고 있었던 사람을 대하듯 진양에게 말을 걸었다.

진양이 뭐라고 대답하려고 하자 노인이 손을 휘저었다.

"조금 있다 말하세. 자네 몸으로 크게 말하려면 힘들 테니 내가 그쪽으로 감세."

그런 뒤 노인은 곧 집 안으로 들어왔는데, 그릇과 수저를 하나씩 들고 왔다. 그가 진양 옆에 앉더니 손목을 잡아 맥을 짚었다.

"좋군, 좋아. 자네의 내공이 워낙 심후해서 호전이 빠르군."

진양은 손가락 하나 까딱하기도 힘들었기에 누워 있는 상태로 말했다.

"감사합니다, 어르신. 제가 몸이 말을 듣지 않아 예를 차리기가 힘들군요."

"허허, 예라는 것이 무엇인가? 마음에 진실함이 있다면 그것이 곧 예가 아니겠는가? 겉치레는 겉치레일 뿐, 신경 쓰지 말게나."

그러더니 노인은 그릇의 약물을 한 수저 뜨더니 진양의 입에 댔다.

"자, 마시게나."

진양은 얼떨결에 그것을 받아 마셨다.

그러자 뱃속이 따뜻해지면서 마음이 더욱 편안해졌다.

"이 약이 무엇입니까?"

"내가 만든 것일세. 이름 따위는 없네."

"어르신께서는 의원이십니까?"

"의원이라면 의원이지. 지금은 자네를 치료하는 중이니까. 허허허."

노인은 푸근한 미소를 그리며 껄껄 웃었다.

진양은 애매모호한 대답에 내심 의아한 생각이 들었지만, 더 이상 따져 묻지는 않았다. 오히려 노인의 이런 자유분방한 태도가 진양을 더욱 편안하게 만들어주었다.

"저를 구해주서서 감사합니다, 어르신."

"다친 사람을 보면 연민을 가지는 것이 인지상정이 아니겠는가? 나는 좋은 일을 해서 기쁘고 자네는 내 도움을 받아서 기쁘니 우리는 서로에게 감사해야 할 테지."

진양은 내심 감동하면서 노인을 바라보았다.

노인은 시원시원하게 말을 하면서도 꾸준히 진양에게 약을 수저로 떠먹여 주었다.

'정말로 호쾌한 어르신이구나. 내 수양이 이분에 비한다면

아직도 멀었다.'

진양이 착잡한 심정으로 생각하는데, 노인은 그런 진양의 마음속을 들여다보기라도 한 듯이 말했다.

"조바심을 가질 필요는 없네. 세상만사가 세월에 따라 변하는 법이거늘. 나뭇잎이 물들고 싶다고 해서 이른 봄철부터 단풍이 들 수는 없는 노릇 아니겠는가? 허허."

진양이 깊은 깨달음을 얻는 것과 동시에 의아한 마음이 들어 물었다.

"어떻게 제가 조급해한다는 것을 아셨습니까? 혹시 어르신께서는 독심술도 익히셨습니까?"

물론 마지막 말은 빙그레 웃으며 던진 농담이었다.

노인이 다시 껄껄 웃으며 대답했다.

"나뭇잎이 흔들리는 것을 보면 바람이 불기 때문이 아니겠는가?"

노인의 대답에 진양은 알 듯 말 듯하여 그저 고개만 끄덕일 뿐이었다.

노인은 그렇게 한 식경 가까이 달여온 약을 떠먹인 후에 자리에서 일어났다.

"내일부터는 천천히 움직일 수 있을 것이네. 섣불리 운기를 시도해서는 안 되고 무리하게 움직이려고 해서도 안 되네. 내일은 일어설 정도만 움직일 수 있을 것이야. 모든 것이 때가 있는 법이니, 자연의 섭리를 거스르려고 하지 않는다면 절로 좋아질 것이네."

"명심하겠습니다."

"그럼 나는 밖으로 나가서 요기 좀 하고 오겠네. 요즘 자네 먹일 약을 만드느라 도통 뭘 먹질 못했더니 허기가 지는군."

진양은 노인의 말에 흠칫했다.

'요즘'이라는 말은 자신이 꽤나 오랫동안 의식을 잃고 있었다는 것이 아닌가?

진양이 얼른 노인을 불러 물었다.

"어르신, 죄송하지만 제가 얼마 동안이나 의식을 잃고 있었는지요?"

노인이 이맛살을 슬쩍 찌푸리며 곰곰이 기억을 더듬었다.

"보자……."

그가 손가락을 꼽아보더니 이내 말했다.

"대충 석 달하고도 보름이 지났군."

"그런……!"

진양은 깜짝 놀라 저도 모르게 일어나려고 했다. 하지만 곧 전신이 나른해지면서 힘이 들어가지 않아 다시 드러눕고 말았다.

노인이 부드럽게 말했다.

"갑자기 세월이 흐르면 누구나 적응하기 힘들 걸세. 하지만 이렇게 살아 있는 것만으로도 다행이지 않은가? 마음을 느긋하게 가지게나. 살다 보면 살아 있기 때문에 더욱 고통스러운 것도 많은 법이네. 이것이 모두 순리에 순응하지 않기 때문일세."

하지만 진양의 귀에는 노인의 목소리가 절반도 들려오지 않았다.

노인도 그 사실을 아는지 그저 담담하게 미소만 짓고는 문을 나섰다.

진양은 머릿속이 복잡했다.

'어느새 석 달 보름이 흘렀단 말인가? 그토록 오랫동안 의식을 잃고 있을 줄이야 꿈에도 몰랐구나. 유 낭자는 어찌 됐을까? 매 선배님은 그곳에서 그렇게 돌아가셨을까? 학림관에서는 내 소식을 알지 못해 답답하겠구나. 모두들 잘 지내고 있으면 좋겠는데……'

진양은 무엇보다 북평 객점에 남겨두고 온 유설이 가장 걱정됐다. 갑자기 자신이 사라졌으니 그녀가 얼마나 걱정을 하겠는가? 그나마 다행인 것은 사상이괴가 함께 있으니 큰일은 당하지 않을 것이라 생각했다. 게다가 유설은 파자공을 익힌 후에 무공이 급진했기에 이제 웬만한 고수가 아니라면 그녀를 위협할 수 없는 경지였다.

하나 그렇다고 마냥 편안하게 있을 수만은 없었다.

마음이 조급해지니 가슴이 답답하고 호흡이 점점 가빠졌다.

조금 전까지 보이던 풍경이 이제는 눈에 들어오지도 않았다.

당장 움직일 수가 없으니 이 좋은 곳도 감옥처럼 갑갑하기만 했다.

그때 문득 노인이 조금 전에 했던 말이 머릿속을 스쳤다.

"마음을 느긋하게 가지게나. 살다 보면 살아 있기 때문에 더욱 고통스러운 것도 많은 법이네. 이것이 모두 순리에 순응하지 않기 때문일세."

진양은 천천히 심호흡을 하면서 그 말을 곱씹어보았다.

'그렇다. 내가 지금 조급해한다고 해서 해결될 것은 아무것도 없다. 만약 내가 그때 죽었더라면 지금의 고민은 모두 부질없는 것이 아닌가? 세상만사의 모든 문제를 나 혼자 어찌 해결하겠나?

진양은 문득 깊은 깨달음을 얻었다.

그러자 마음이 다시 느긋해지고, 조금 전까지 자신을 초조하게 만들었던 감정이 눈 녹듯이 사라졌다.

갑자기 깨달음을 얻고 나자 다시 그 노인이 보고 싶어졌다.

그와 이야기를 나눈다면 더욱 깊은 깨달음을 얻을 수 있을 것 같았다.

하지만 진양은 조급해하지 않았다.

시간이 흐르면 볼 수 있을 것이다. 저녁이 되면 돌아올 것이고, 그게 아니라도 내일이면 볼 수 있지 않겠는가?

진양은 다시 마음의 안정을 취하고는 창밖을 바라보았다.

은빛으로 반짝이는 냇물, 산들바람에 흔들리는 풀잎.

극락세계가 다시 펼쳐져 있었다.

비록 석 달이 넘도록 의식을 잃고 있었던 진양이지만, 한번 깨어나 움직이기 시작하자 회복 속도는 놀라울 정도로 빨랐다.

진양이 기본적으로 가진 내공의 깊이가 심후하기 때문이기도 했지만, 무엇보다 노인의 약이 효력을 발휘했기 때문이다.

진양은 몸을 가볍게 움직일 정도가 되자 집을 나와 사방을 둘러보았다.

이곳은 매우 지형이 독특했는데, 사방이 너른 들판임에도 불구하고 어느 곳을 보나 깎아지른 절벽으로 둘러싸여 있었다.

냇물은 절벽 아래에서 흘러나오고 있었는데, 아마도 절벽 아래 어느 틈에서 솟아오르고 있는 듯했다.

진양은 자신이 분명히 저곳에서 떠내려 왔으리라고 짐작했다.

냇물은 너른 터를 완만하게 굽어 돌아가서는 남쪽의 절벽 아래에 난 동굴로 흘러들어 갔다.

진양은 그 동굴을 따라 걸어가 보았지만, 아무리 걸어도 끝을 알 수가 없어 다시 되돌아왔다.

이곳의 생활은 불편한 것이 없었다.

나무마다 열매가 주렁주렁 매달려 있었고, 북쪽의 야트막한 언덕 위에는 야생동물이 뛰어놀고 있었다.

'세상에 이런 곳이 숨겨져 있을 줄이야 꿈에도 몰랐구나. 그야말로 무릉도원이 따로 없다.'

진양은 내심 감탄하면서 몸과 마음의 안정을 취했다.

그렇게 시간이 하루하루 흐르자 진양은 부쩍 건강해졌고, 이제 서서히 운기를 시도해도 될 만큼 나았다. 체내의 독기는 완전히 빠져서 느낄 수도 없었다.

노인은 이곳 위치를 오태산과 소오태산 사이에 위치한 이름 모를 골짜기라고 했다. 그는 농담 삼아 자신이 '극락곡(極樂谷)'이라고 이름 지었다고 했는데, 진양이 보기에도 그 이름이 가장 잘 어울릴 듯싶었다.

하루는 진양이 냇가에 앉아서 경치를 감상하는데 문득 마음이 움직여 나뭇가지를 하나 주워 바닥에 글씨를 새겼다.

問余何事棲碧山　묻노니, 그대는 왜 푸른 산에 사는가.
笑而不答心自閑　웃을 뿐, 답은 않고 마음이 한가롭네.
桃花流水杳然去　복사꽃 띄워 물은 아득히 흘러가나니
別有天地非人間　별천지 따로 있어 인간 세상 아니네.

공력을 살짝 실어 바닥 깊이 새긴 글씨는 그야말로 풍경 속
에 그대로 녹아버린 듯했다.

보는 이가 절로 흐뭇하게 웃게 되니 그 필체의 우아함이란
말로 표현하기가 힘들 정도였다.

이 시는 진양이 어렸을 때, 학림관에서 마지막으로 적었던
이백의 산중문답이었다.

이 시를 적던 날 진양은 여동추와 다투었고, 풍천익을 만났
으며, 학림관을 떠났다.

문득 옛날 일을 떠올리니 진양은 그리움에 빠지고 말았
다.

그때 등 뒤에서 인기척이 들리더니 이내 노인의 경탄이 이
어졌다.

"호오, 명필이로군, 명필이야. 글자에 혼과 뜻을 담을 줄
아니 과연 그대의 필력이 입신의 경지에 이르렀구먼."

"과찬입니다, 어르신."

진양이 부드럽게 웃으며 답하자 노인이 고개를 저었다.

"입에 바른 소리가 아닐세. 빈도는 진심으로 감탄했네."

"보잘것없는 재주를 높이 평해주시니 그저 감사할 따름입니다."

"자네의 글을 더 보고 싶네. 내가 적는 글을 보고 뒤에 이어질 내용을 받아 적을 수 있겠는가?"

진양은 노인의 제안이 뜬금없이 느껴지긴 했지만, 내심 그것도 재미있겠다는 생각이 들었다.

진양이 흔쾌히 대답했다.

"좋습니다. 한번 해보지요."

"허허허, 만약 자네가 내 뒤를 받아 적지 못한다면 자네가 진 것일세. 내가 곧바로 구절을 적지 못하면 그땐 내가 진 셈으로 하지."

"하하하! 좋습니다, 어르신."

"그럼 잠시 기다리시게."

말을 마친 노인이 성큼성큼 걸어서 집으로 돌아갔다. 그의 걸음걸이는 보폭이 넓었지만 달리는 것은 아니었다. 그런데도 노인은 순식간에 멀어져 갔다.

진양은 그의 수양이 몹시 깊을 것이라는 것을 다시 한 번 느낄 수가 있었다.

'저런 보법은 세상의 누구도 흉내 낼 수가 없겠다. 어째서 저런 분의 이름이 알려지지 않았을까?'

그제야 진양은 노인의 정체가 궁금해졌다.

지금까지는 새로 얻은 깨달음 때문인지 노인이 누군지에 관해서 별로 관심이 없었다. 다만 자신을 구해준 생명의 은인으로서 감사한 마음만 가지고 있을 뿐이었다.

잠시 후 노인이 손에 수호필을 들고 나타났다. 진양이 그걸 보고 반색하며 말했다.

"그것도 보관하고 계셨군요?"

"자네에게 중요한 물건인 듯싶었네. 물에 떠내려 오면서도 이것만은 손에 쥐고 놓질 않더군. 과연 기물은 기물일세. 받게나."

노인이 진양에게 수호필을 휙 집어 던졌다.

수호필 자체의 무게가 노인이 감당하기에는 만만하지 않을 텐데 그는 아주 쉽게 그것을 다루고 있었다.

노인이 다시 말했다.

"자네가 든 나뭇가지를 내게 주게."

진양이 두 손으로 공손히 받쳐 들었다.

노인이 그것을 들고는 말했다.

"바닥에 그 글귀를 쓰면 너무 쉽게 알아볼 수 있으니 우리 허공에 쓰도록 하세. 서로가 마주 보고 있으면 글씨는 뒤집혀

보일 테니 그 글귀를 알아내는 것도 재능에 맡겨야 할 것일
세. 어떤가?'

"좋습니다. 재미있겠군요."

"허허, 아주 재미있는 일이지. 이 내기에서 진 사람은 오늘
한턱 쏴야 할 것이야."

"좋습니다. 제가 진다면 노루 한 마리 잡아 대령하지요."

"허허, 좋네. 참 좋네."

노인이 너털웃음을 지어 보이며 환하게 웃었다.

그런 뒤 노인은 천천히 자세를 취하며 나뭇가지를 들었다.

이제 그의 얼굴에서는 웃음기가 싹 가시고 오로지 진지함
만이 남아 있었다.

진양은 그런 노인의 태도에 저도 모르게 경직되어 마른침
을 꿀꺽 삼켰다.

노인의 손에서 노르스름한 기운이 뭉실뭉실 뭉쳤다

순간 그가 나뭇가지를 훅 내찌르며 글을 빠르게 적어갔다.
진양은 다음 순간 입을 척 벌리고 다물 생각을 하지 못했다.

노인의 글씨는 그야말로 물이 흐르는 듯, 바람이 부는 듯
하늘하늘 부드럽게 이어졌다. 하지만 힘이 들어가야 할 부분
에서는 어김없이 폭포수가 쏟아지듯, 혹은 폭풍이 몰아치듯
힘차게 이어졌다.

花葉隨天意　꽃과 나뭇잎은 하늘 뜻을 좇고
江溪共石根　강과 개울은 돌부리와 같이 있다.

이는 두보의 동심(冬深)이라는 시였다.

진양은 노인의 필체에 새삼 감탄에 젖어 한동안 멍하니 선 채로 아무런 말도 잇지 못했다.

노인이 불쑥 물었다.

"음? 벌써 포기한 것인가?"

그제야 진양이 얼른 정신을 차리고 대답했다.

"아, 아닙니다. 어르신의 필체가 너무나 아름다워 잠시 시선을 뗄 수가 없었습니다. 아직도 필체가 남은 듯합니다."

"허허허, 입에 바른 소리는 그만하시게."

"진심입니다."

진양은 정말로 허공에 여전히 글씨가 남아 있다는 착각마저 들었다. 노인이 허공에 휘갈겨 쓴 필체의 잔상이 여전히 보였던 것이다.

"그럼."

진양이 포권을 해 보인 뒤에 수호필을 들었다. 그리고 그 역시 막힘없이 글을 써 내려갔다.

바로 노인이 썼던 동심에 이어지는 구절이었다.

早霞隨類影 　아침노을은 비슷한 그림자 따르고
寒水各依痕 　찬 물은 각자 남은 흔적에 붙어 있다.

노인이 찬탄했다.

"호오! 좋군! 참 좋아!"

그러더니 노인이 다시 글을 적었다.

夕陽連雨是 　석양에 비 뿌리는 이때에
空翠落庭陰 　빈 산 푸른 기운 뜰에 내려 어두워지네.

진양은 시가 바뀌었음을 깨달았다.

이번에 적은 것은 맹호연(孟浩然)이 지은 의공선방(義公禪房)이라는 시였다.

진양은 이번에도 노인의 필체에 내심 감탄하면서 그 뒤의 구절을 수호필을 획획 내저으며 이어갔다.

看取蓮花浮 　물 위에 뜬 연꽃을 바라보다 따보니
方知不染心 　세속에 물들지 않은 깨끗한 마음 알겠네.

진양은 이렇듯 시의 구절을 주고받으니 절로 호협한 마음이 일어났다.

게다가 서로 마주 본 채 나뭇가지를 주워 들고 쓰고 수호필을 휘두르니, 마치 무공을 겨루는 듯한 느낌마저 들었다.

진양이 곧장 받아 적으니 노인은 더욱 유쾌한 목소리로 외쳤다.

"참 좋구나! 자네의 글씨는 빈도의 마음을 움직이네그려!"

그러면서 노인은 이제 다시 글을 적었다.

획획! 획! 획!

기를 머금은 나뭇가지가 이리저리 움직이는 것을 보니, 진양은 다시 한 번 노인의 내공이 몹시 순후하다는 것을 깨달을 수 있었다.

百囀千聲隨意移
山花紅紫樹高低

백 번을 지저귀는 많은 새소리 마음대로 옮겨
산의 꽃은 붉고 나무들은 크기도 하고 작기도 하다.

진양은 이번에도 시를 알아보았다.

노인이 이번에 적은 것은 바로 구양수(歐陽修)가 지은 화미조(畫眉鳥)라는 시였다.

진양은 흥에 겨워 더욱 내공을 실으며 수호필을 휘둘렀다.

공력이 더욱 담기게 되자 그의 필체에서 마치 새소리가 들리는 듯했고, 절제와 자유로움이 서로 조화를 이루며 하나의 무리(武理)를 만들어내고 있었다.

始知鎖向金籠聽
不及林間自在啼

이제야 알겠노라. 갇힌 화려한 새장 안의 새소리
숲 속의 자유로운 지저귐에 미치지 못함을.

"허허허! 좋아!"

노인은 연신 파안대소하며 신명나게 나뭇가지를 휘둘러 갔다.

두 사람은 그렇게 날이 저물 때까지 시의 구절을 주거니 받거니 했다.

처음에는 정해진 시를 인용해서 쓰다가 나중에는 서로 자작한 시를 쓰기도 했다.

해가 저물 무렵에는 이 두 사람의 글씨 쓰는 속도가 더욱 빨라져 범인이라면 제대로 알아보지도 못할 지경이었다. 두 사람 모두 땀에 흠뻑 젖어 있었고, 장삼 자락은 내기의 영향을 받아 크게 부풀어 있었다.

이제는 두 사람이 주거니 받거니 하는 것이 아니라, 거의 동시에 구절을 쏟아내고 있었다.

진양이 수호필을 휘두르며 획을 긋고 삐치면, 노인이 물러서며 호흡을 조절했다가 다시금 쇄도해 들어오듯 필획을 그어갔다.

그러다 보니 두 사람의 움직임을 가만히 보면 마치 서로 무공을 겨루는 것 같았다.

두 사람은 달빛과 별빛 아래에서도 서로 글을 겨루었다. 그 오랜 시간 동안 두 사람의 수호필과 나뭇가지는 단 한 번도 부딪치지 않았다.

한데, 어느 순간 진양의 수호필이 '추(秋)' 자를 적으며 휘둘러 갈 때, 노인의 나뭇가지와 부딪치게 생겼다. 그 찰나의 순간 진양은 가슴이 철렁 내려앉았다.

'야단났구나! 지금 공력을 한껏 싣고 있는데 나뭇가지와 부딪친다면 어르신께서 틀림없이 내상을 입을 것이다.'

하지만 이 생각이 번개처럼 스치는 사이에 이미 두 사람의 필기구는 서로 부딪치고 있었다.

한데 수호필이 나뭇가지와 닿는 순간, 나뭇가지는 가로 획을 긋다가 자연스럽게 삐침 획을 그으며 내력을 받아내는 것이 아닌가?

그 바람에 글씨가 바뀌었으나, 글의 내용에는 전혀 지장이 생기지 않았다.

그것은 그것대로 글이 어울렸던 것이다.

동시에 노인의 나뭇가지는 부드럽게 위로 들리더니 진양의 수호필을 가볍게 밀어냈다. 이는 마치 세차게 굽이쳐 흐르던 물줄기가 갑자기 너른 강물이나 바닷물을 만나 흔적도 없이 녹아드는 현상과 비슷했다.

진양은 너무나 놀라서 벌어진 입을 다물 줄을 몰랐다.

글을 쓰던 것도 잊고 진양이 노인을 멍하니 바라보았다.

"어, 어르신……."

"음? 이제 그만할 생각인가? 그럼 내가 이긴 것이겠지? 허허."

"어르신, 방금 그건……."

노인이 손을 휘휘 저었다.

"신경 쓰지 말게나. 서로 글을 쓰다 보면 그럴 수도 있는 거지."

진양은 그 순간 머릿속을 스치는 생각이 있었다.

'분명 아까 내가 뻗은 한 획은 무공으로 보자면 몹시 강맹한 일격이나 다름이 없다. 한데 어르신께서는 그 일획을 부드럽고 유연하게 되받았다. 이는 이유극강(以柔克剛)의 원리를 이용한 것이다. 하나 이처럼 몸에 밴 듯이 자연스럽다니……. 아! 혹시 그럼 이분은……?'

진양이 노인을 바라보며 물었다.

"혹시… 어르신께서는 무당파의 조사이신 장 진인이 아니신지요?"

그러자 노인이 대수롭지도 않은 듯 선하게 웃으며 대답했다.

"그러네만."

진양은 깜짝 놀라 그 자리에서 무릎을 꿇고 절을 올렸다.

"불초 양 아무개가 높으신 분을 몰라뵈었습니다! 무례를 용서하십시오!"

그러자 노인이 껄껄 웃으며 답했다.

"무엇이 무례란 말인가? 높으신 분이라는 건 무당파를 말하는 것인고? 아니면 '조사'를 말하는 것인고? 그도 아니라면 설마… 어제도 그제도 같이 지냈던 '나'를 말하는 것인고?"

그의 말에 진양은 크게 깨달아지는 바가 있어 얼른 일어났다.

진양은 새삼 감탄한 눈으로 노인을 다시 보았다.

그렇다.

그가 바로 무당파를 세운 장삼봉(張三丰)이었던 것이다. 홍무 27년인 올해 그의 나이 백사십오 세였다.

진양은 이처럼 귀한 기연을 얻은 것에 대해서 다시 한 번

하늘에 감사할 수밖에 없었다.

장삼봉이 여전히 아이 같은 표정으로 물었다.

"어떤가? 패배를 시인하는 건가?"

그제야 진양도 활짝 웃으며 고개를 끄덕였다.

"후배가 졌습니다."

"허허허! 그럼 자네가 노루 한 마리를 잡아오게나. 대신 나는 담근 술을 준비하지."

"어르신께서는 술과 고기도 드십니까?"

"채소를 많이 먹는다면 좋은 일이지만, 내기에서 이겼을 때는 술과 고기가 없다면 그도 섭섭한 노릇이지."

"하하하! 알겠습니다."

진양이 얼른 몸을 돌리고 가려는데, 문득 장삼봉이 그를 불러 세웠다.

"잠깐 기다려 보게."

"무슨 일이신지요?"

"자네 필체를 마지막으로 다시 한 번 보고 싶군. 오늘 자네가 혼자 있을 때 처음 썼던 이백의 산중문답을 허공에 써보겠는가?"

"알겠습니다."

진양은 영문을 몰랐지만, 우선 수호필을 잡고 반듯한 자세로 섰다.

그리고 이내 막힘없이 광초체로 시를 적어갔다.

획! 획획! 스윽! 획!

진양이 긋는 획마다 힘이 넘쳐 났고 부드러웠으며 우아한 아름다움이 묻어났다.

진양은 수호필을 휘두르면서 장삼봉의 의도를 깨달을 수 있었다.

그는 지금 허공에 글을 적는 것이지만, 실제로 무공을 사용하는 것이나 다름없었다. 장삼봉과 장시간 서로 글을 주고받으면서 어느 틈에 필체가 무공으로 승화한 것이다.

가로와 세로, 점, 삐침, 갈고리, 꺾기, 제 등 한 획 한 획이 매서운 무공으로 변모해 있었다.

진양이 수호필을 거두고는 다시 장삼봉에게 큰절을 올렸다.

"어르신께 큰 은혜를 입었습니다."

"허허, 자네의 재주가 좋아 익힌 것을 어찌 나의 덕이라 할 수 있겠는고? 어디 한번 이것들을 베어보게나."

장삼봉은 바닥에서 자갈돌 하나를 주워 들더니 진양 곁에 있는 나무 기둥으로 튕겨 날렸다. 공력을 머금고 날아간 자갈돌이 나무 기둥에 부딪치자 '땅!' 하는 요란한 소리와 함께 셀 수도 없이 많은 나뭇잎이 우수수 떨어지기 시작했다.

그 순간 진양은 다시 수호필을 휘둘렀다.

심상은 여전히 산중문답에 젖은 상태에서 무아지경 속에 오로지 수호필이 가는 대로 휘두른 것이다. 그가 한 획을 그을 때마다 떨어지던 나뭇잎이 단칼에 베이듯 잘려 나갔다.

휙휙! 휙휙!

이제 진양의 수호필은 그 움직임을 눈으로 알아보기도 힘들 지경이었다.

이윽고 모든 나뭇잎을 베어낸 진양이 수호필을 거두었다.

짝짝짝.

장삼봉이 매우 흡족한 표정으로 박수를 쳤다.

"과연 기재로구나. 좋구나, 좋아. 자네가 이처럼 무학에 재능이 깊으니 앞으로 더욱 좋아지겠네."

"모두 어르신 덕분이지요."

"자네는 내가 선보였던 이유극강의 원리와 필체를 완벽하게 융합해 냈네. 이로써 전혀 새로운 무공이 탄생한 것이지. 축하드리네."

"이 은혜는 죽어서도 다 갚지 못할 것입니다, 어르신. 제 절을 받으십시오. 앞으로 어르신을 스승으로 모시겠습니다."

장삼봉이 손을 휘휘 내저었다.

"됐네. 스승은 무슨. 나는 자네처럼 좋은 친구를 얻어 기쁘기 그지없네."

"불초 제가 어찌 어르신과 친구가 될 수 있겠습니까? 세간에서 저를 철없다 꾸짖고 비웃을 것입니다. 항렬이 너무 차이가 나지 않습니까?"

"허허, 속세의 이목이 그토록 두려운가? 항렬은 다 무엇인가? 그럼 자네는 여기 선 나무를 보고도 매번 절을 하게나. 이 나무는 자네보다 훨씬 오래 살았으니 항렬로 따지자면 자네의 고조부도 따라가지 못할 걸세. 이런, 나부터 절을 올려야겠군."

그러더니 장삼봉은 소매를 탁탁 털고는 정말로 절을 할 태세로 나무 앞에 섰다.

"까마득한 후배가 나무 어르신을 뵙습니다."

그러고는 정말로 절을 하려는 듯 무릎을 털썩 꿇는 것이 아닌가?

진양이 깜짝 놀라서 장삼봉을 부축해 일으켰다.

"어르신, 제가 잘못했습니다. 저와 어르신은 친구입니다. 이러지 마십시오. 이제는 정말 깨달았습니다."

"허허허, 자네가 무엇을 깨달았는가?"

"그것이……."

"자네가 깨달았다면 나를 절하게 해서는 안 되겠지만, 자네가 정말 깨달았다면 나를 절하게 해도 괜찮네."

진양은 선뜻 이해를 할 수 없어 가만히 서 있었다.

장삼봉이 일어나며 껄껄 웃었다.

"위대한 자연 앞에서 절 한 번 올리는 것이 무엇이 대수겠는가? 인간의 세계를 내려두고 자신을 또 내려두게나. 그리고 삼라만상의 진리를 보려고 노력하게나. 그것이 도에 이르는 첫걸음일세."

진양이 고개를 끄덕였다.

"깨달음이 왔다 싶으면 어느새 저 앞에 또 보이는군요."

"허허허, 관성이라는 것일세. 그저 깨달음을 즐기면 되는 거지. 자, 그럼 오늘 우리가 친구가 된 기념으로 회포나 풀어 보세."

"하하하, 만약 제가 어르신과 친구가 된 것을 무당파에서 안다면 모두 기절하겠습니다."

"그게 기절할 일이면 녀석들도 아직 도에 이르지 못했다는 뜻일 테지."

진양은 천천히 고개를 끄덕이고 말했다.

"오늘 정말 많은 것을 얻었습니다. 제가 얼른 노루 한 마리 잡아서 대령하지요!"

"좋네, 좋아. 기다리고 있겠네."

장삼봉은 껄껄 웃으며 휘적휘적 걸어갔다.

진양은 그의 뒷모습을 부드러운 시선으로 바라보다가 곧 언덕이 있는 곳으로 걸음을 돌렸다.

그날 저녁 두 사람은 오랜만에 술과 고기를 먹으며 마음껏

즐겼다.

　시간이 흐르고 진양은 서서히 극락곡을 떠나기 위한 채비를 갖췄다.

　장삼봉과 함께 지내는 시간은 지금껏 진양이 살아온 인생 가운데 가장 기쁘고 즐거운 순간들이었다.

　하지만 마냥 바깥세상을 무시하고 살아갈 수도 없었다. 물론 장삼봉처럼 수양이 깊었다면 속세의 사정이야 잊어버리고 살아가겠지만 진양은 아직 한참 어렸다.

　장삼봉처럼 홀연히 속세를 떠나 신선처럼 살아갈 도량은 지니지 못한 것이다.

　장삼봉 역시 그런 진양을 나무라진 않았다.

　오히려 진양을 이해하며 축복을 빌어주었다. 그리고 소담화의 독을 치료할 수 있는 약재를 주며 하루에 두 번 아침저녁으로 먹이도록 했다.

　진양은 깊이 읍을 하며 감사했다.

　진양이 떠나는 날, 장삼봉은 남쪽 동굴까지 배웅을 나왔다.

　"젊었을 때 겪는 진통은 숭고한 희생이라네. 나가서 많은 경험을 쌓고 많은 생각을 통해 더욱 도량을 넓혀가시게."

　진양은 눈물을 주룩주룩 흘리며 장삼봉을 안고 큰절을 올렸다.

"어르신께 많은 것을 배웠습니다. 이 깨달음을 보다 많은 사람들에게 전하는 사람이 되겠습니다. 그리고 저 역시 더욱 많은 깨달음을 갈구하여 어르신처럼 성장하겠습니다."

"허허허, 자네는 젊은 시절의 나보다도 훨씬 뛰어난 재능을 지녔으니 더욱 훌륭하게 성장하시게."

"여러모로 감사했습니다, 어르신."

장삼봉은 흐뭇한 표정으로 고개를 끄덕였다.

그러다가 문득 무슨 생각을 했는지 표정이 어두워졌다.

"한데 자네는 황태손에게 그 수호필을 받았다고 했던가?"

"그렇습니다, 어르신. 그런데 그건 왜 물어보시는지요?"

"만약 그 황태손에게 큰 변고가 닥친다면 자네는 어찌하겠는가?"

진양이 어리둥절해서 물었다.

"변고라니요? 황궁에 계시는 분이 무슨 변고를 당할 수 있겠습니까? 혹 불치병이라도 걸렸는지요?"

장삼봉이 고개를 저었다.

"그런 것은 아닐세. 내가 어제 밤하늘을 보다 보니 천운이 보였네. 한데 천자의 별자리가 저물고 있었네."

"그 뜻은……"

"현 황제는 머지않아 병사(病死)할 것일세. 그 뒤를 황태손이 잇겠으나 곧 큰 변고를 당할 운세일세."

진양은 깜짝 놀라서 물었다.

"그럼 제가 어떻게 그분을 도울 수 있겠는지요?"

장삼봉이 희미하게 미소 지으며 물었다.

"자네의 부모는 호유용 사건에 연루되어 무고하게 돌아가셨다고 하지 않았나? 하면 황제 일가에 원한이 많을 법한데 어찌 그리 도울 생각밖에 하지 않는가?"

"비록 제 부모님이 그렇게 돌아가셨지만, 지금의 황태손은 아무런 관련이 없지 않습니까? 게다가 그분은 황제와 달리 마음이 온유하고 연민이 많아 백성의 아픔을 잘 알아줄 것이라 생각합니다."

"흐음, 그런가? 하지만 천운을 거스를 수는 없는 법일세. 천운을 막는 방법은 단 한 가지밖에 없네. 시간을 거슬러 그 원인을 없애는 것. 하나 인간이 그럴 수는 없지 않은가? 해서 도량을 쌓고 그 원인이 될 실수를 줄여 천운을 좋게 흐르도록 하는 것이 바로 우리가 해야 할 일일세. 물론 수양을 통해서 그렇게 하는 것이지."

"하면… 황태손의 변고는 이미 제가 나서서 막기에는 늦은 것인지요?"

장삼봉이 고개를 끄덕였다.

"아주 큰 변고가 일어날 것일세. 이미 그 원인과 기반이 마련되었으니, 자네가 나선다고 해서 해결될 문제가 아닐세. 다만 황태손 그 한 사람의 운명이라면 어찌 자네의 노력으로 극복할 수도 있을 테지."

"제가 어찌하면 될는지요?"

"허허, 내가 신선도 아니고 그것까지 어찌 알겠는가? 세상에 나가거든 항시 염두에 두게나. 그리고 때가 되면 행동하시게. 혹 하늘이 돕는다면 황태손을 구할 수 있을지도 모르지."

"알겠습니다, 어르신. 조언, 감사합니다."

"그럼 살펴 가시게."

"예, 어르신. 건강하십시오."

진양은 다시 한 번 절을 올린 다음 걸음을 돌렸다.

그는 걷는 내내 흐르는 눈물을 멈추지 못했다.

第九章
북평에서

神筆天下
신필천하

진양은 긴 동굴을 벗어난 뒤 숲을 헤치며 한참 동안 걸어갔
다. 처음 한동안은 초목이 무성하게 우거져 있는 없는 길을
만들어서 가야 했다.

하지만 반나절을 더 걷고 나자 사람이 다녔던 것으로 보이
는 작은 오솔길이 나타났다. 그 오솔길을 따라 마을까지 내려
오고 보니 바로 산서(山西) 지역의 오태현(五台縣)이었다.

진양은 곧장 대별산으로 향했다.

북평으로 먼저 가서 유설의 사정을 알아볼까 생각했지만,
이미 시간이 많이 흐른 터라 학립관으로 돌아가는 것이 나을

듯했다.

쉬지 않고 달린 진양은 머지않아 하남 지역으로 들어섰다.

대별산 아랫마을까지 다다른 진양은 곧 유설을 만날 생각을 하니 마음이 들뜨고 기쁘기가 한량없었다.

진양이 빠른 속도로 경공술을 펼쳐 학립관 정문까지 올라가는데, 마침 정문 계단에 쪼그려 앉아 있는 여인이 보였다. 진양이 가까이 다가가 보니 바로 유설이었다.

유설은 진양을 보자마자 자리에서 벌떡 일어났다. 그녀의 커다란 두 눈에 눈물이 금세 그렁그렁 맺혔다.

유설이 떨리는 목소리로 입을 열었다.

"당신… 정말… 당신인가요?"

오랜만에 유설과 다시 재회하자 진양도 마음속 깊은 곳에서 격한 감동이 일어났다.

진양이 희미하게 미소 지으며 말했다.

"오래 기다렸소?"

"지금… 제가 꿈을 꾸는 건 아니지요?"

"물론이오."

"하지만… 당신은… 늘 그랬어요. 제 꿈에 나타나서 돌아왔다고. 그런데 눈을 뜨면 전 늘 혼자였죠. 이번에도… 또 제가 속는 건 아니겠지요?"

유설의 말에 진양은 가슴이 저려왔다.

그녀의 목소리와 표정에서 얼마나 자신을 기다렸는지 대략이나마 짐작할 수 있었다.

진양이 아무 말 없이 그녀에게 다가갔다. 그가 손을 내밀어 유설을 잡으려는 순간, 그녀가 뒤로 흠칫 물러났다. 진양이 의아하게 바라보니 유설이 고개를 설레설레 저었다.

"만약 또 꿈이라면 깨기 싫어요. 차라리… 지금 이대로 더 있을래요. 당신이 내 손을 잡기만 하면 깨버리는 걸요."

진양은 가슴 깊은 곳에서 무언가 울컥하는 마음에 유설에게 와락 달려들었다. 그리고 그녀의 몸이 으스러지도록 껴안았다.

"내가 돌아왔소. 꿈이 아니오. 미안하오. 미안하오."

"아아……!"

유설은 진양의 품속에서 허물어지듯 주저앉았다.

하지만 진양이 그녀가 주저앉도록 내버려 두지 않았다. 그가 더욱 힘주어 그녀를 끌어안았다.

유설은 진양의 품에 안겨 하염없이 눈물을 흘렸다.

꿈이 아닌 것이다.

이젠 정말 꿈이 아니었다.

지금까지 진양과 몸이 닿기만 해도 꿈에서 깨버리곤 했다. 그리고 무거운 현실이 자신의 어깨를 짓눌렀다.

그런데 지금은 깨지 않는다.

현실인 것이다.

유설이 천천히 손을 들어 진양을 안았다.

두 남녀는 한참 동안 그렇게 서로 부둥켜안고는 말없이 눈물만 흘렸다.

서로의 감정이 추슬러지자 유설이 가만히 몸을 빼내며 속삭이듯 말했다.

"나빴어요."

"미안하오."

"이렇게 멀쩡하면서… 그렇게 걱정하게 만들고……."

유설의 귀여운 투정에 진양은 문득 장난기가 일었다.

"너무 멀쩡하게 돌아와서 섭섭하다면 내 당장 팔 하나를 부러뜨리리다."

그러더니 오른손으로 왼팔을 잡았다. 그가 정말로 당장에라도 부러뜨릴 듯 움직이자 유설이 얼른 손사래를 치며 말렸다.

"그런 말이 아니에요! 제 말은 그게 아니라… 그게 아니라……."

유설이 안절부절못하면서 우물거리자, 진양이 웃음을 터뜨렸다.

"설마 내가 정말 팔을 부러뜨리기야 하겠소? 장난이었소."

"뭐라구요? 정말 사람 정신없는 틈을 타서 이런 식으로 못

된 장난을 칠 건가요?"

진양은 유설이 사랑스러워 견딜 수가 없었다.

그가 다시 한 번 유설을 꼭 끌어안으며 말했다.

"이제는 절대로 걱정시키지 않으리다. 약속하리다."

"약속은 하지 말고 다짐만 하세요. 세상 일이 뜻대로 안 되는 경우가 더 많을 테니까요."

"알겠소. 스스로 굳게 다짐하지."

"좋아요."

유설이 처음으로 환하게 미소 지었다.

진양은 유설을 한 번 훑어보며 물었다.

"낭자는 그 후로 어떻게 돌아왔소? 몸은 괜찮소?"

"전 괜찮아요. 그날 여러 일이 있었답니다."

"무슨 일이오?"

"이렇게 서서 얘기하기에는 좀 길어요. 당신은 그토록 오랫동안 내 애간장을 녹였으면서 그 잠시를 기다리지 못하나요? 먼저 안으로 들어가서 사람들과 인사를 나눠요. 사람들이 당신을 보고 나면 모두 기뻐서 어쩔 줄을 모를 거예요."

"하하, 오히려 두드려 맞지 않으면 다행이겠소."

"그래도 별수없어요. 당신이 잘못한 거니까요."

진양은 그저 빙그레 웃었다.

두 사람이 정문 안으로 들어서자 마당을 쓸고 있는 동자가 보였다. 아이는 진양을 보더니 작은 손으로 눈을 다시 한 번 비비고 보았다.

그 아이는 평소 재능이 출중해서 진양이 눈여겨보던 진운생이었다.

"사… 부님?"

"그래, 잘 있었느냐?"

"사부님! 사부님!"

진운생이 빗자루를 내던지고는 진양에게 쪼르르 달려왔다.

마침 건물을 돌아 나오던 단지겸이 진운생을 보고 혼을 냈다.

"생아, 마당을 쓸다 말고 어딜 가는 것이냐? 네가 쓸어놓은 것들이 네 발에 밟혀 다 흩어지지 않느냐? 어서 돌아와서……"

소리치던 단지겸은 진운생의 뒤를 따라 시선을 옮기다가 진양과 눈을 마주쳤다.

순간 단지겸은 말을 뚝 끊어버리고는 그 자리에 멈춰 서서 움직일 줄을 몰랐다. 그의 손에 들려 있던 벼루가 바닥에 툭 떨어졌다.

"자네……"

"오랜만일세."

"…돌아왔구나."

"그동안 고생 많았지?"

단지겸은 얼른 정신을 차리더니 버럭 소리쳤다.

"이 나쁜 놈!"

하지만 그의 얼굴은 웃고 있었다.

그날 학립관의 모든 사람들은 진양의 귀환을 크게 기뻐하며 풍성한 잔치를 벌였다.

잔치는 밤이 깊도록 이어졌다.

학립관에는 새로운 사람들이 있었다.

바로 석가장에서 보았던 가신풍과 조위강이었다. 유설의 말에 의하면 이들은 북평에서 돌아올 때 함께였다는 것이다.

하지만 진양이 자세한 것들을 묻기에는 술자리가 워낙 떠들썩하고 자신에게 쏟아지는 질문도 많았기에 상황이 여의치가 않았다.

술이 몇 순배 돌고 났을 때, 진양은 조용히 자리에서 빠져나와 대학당 대청으로 들어갔다.

그리고 비연리를 시켜 유설과 사상이괴, 그리고 가신풍과 조위강을 불러오도록 지시했다. 또 흑표와 단지겸, 그리고 전학수를 비롯한 무인 몇 명을 더 불러오게 했다.

잠시 후 대청으로 사람들이 모이자, 진양이 정식으로 인사를 했다.

"제가 없는 동안 여러모로 고생이 많으셨겠습니다. 다시 한 번 죄송한 말씀 드립니다."

그러자 전학수가 손사래를 치며 말했다.

"아닙니다, 관주님. 관주님께서 이렇게 무사하신 것만으로도 저희에게는 큰 축복입니다."

그의 말에 사람들이 저마다 고개를 끄덕이며 동의했다.

그때 진승이 물었다.

"한데 아까 말씀하셨던 기연이라는 것은 어떤 인연이었는지요?"

진양은 술자리에서 그동안 무슨 일이 있었냐는 질문에 귀한 기연을 얻었노라고 두루뭉술하게 대답했던 것이다.

진양이 웃으며 답했다.

"말씀드리면 모두 놀라실 겁니다."

"허허, 더욱 기대되는군요."

"무당파의 조사이신 장 진인을 만났습니다."

그의 말에 사람들 모두가 놀라서 눈을 휘둥그렇게 떴다. 서요평이 불쑥 소리쳤다.

"그 영감은 아직도 죽지 않았단 말이더냐?"

"예. 여전히 정정하십니다. 기운이 넘치셨습니다."

"흥! 불로장생의 비법이라도 알아낸 건가? 죽었단 소식은 듣지 못했지만 살아 있다는 소식은 실로 오랜만에 듣는군."

진승이 맞장구를 쳤다.

"저도 그렇습니다. 대략 십 년 전에 황제가 장 진인을 황궁으로 초빙했을 때 그분이 거절했다는 이야기를 들은 적이 있지요. 그 후로는 그분의 생사조차 모르고 있었는데 관주님께서 만나셨다니… 실로 귀한 인연이군요."

서운지가 껄껄 웃으며 말했다.

"허허허! 평소 양 관주는 덕이 높고 도량이 넓어 하늘이 그분과 인연을 맺어준 듯싶소. 그분을 만났다는 것으로도 많은 도움을 받으셨겠소. 감축드리오."

"선배님의 말씀대로입니다. 저는 그분께 많은 깨달음을 얻었고 또 목숨까지 얻었습니다. 제가 받은 은혜는 이루 말로 표현할 수 없을 지경이지요."

전학수가 궁금한 듯 물었다.

"그분께서는 어떤 가르침을 내리셨는지요?"

"글쎄요. 어찌 표현해야 할지……."

진양이 잠시 생각하더니 곧 부드럽게 웃으며 대답했다.

"그냥… 살아가라고 하셨습니다."

"예?"

전학수는 물론 주위 사람들 모두 생뚱맞은 표정으로 진양을 보았다.

하지만 진양은 이 이상 표현할 방법이 없었다.

"단지 그냥… 살아가라고 하셨습니다."

"홍! 도대체 그게 무슨 가르침이냐? 그딴 말은 나도 하겠다! 자, 모두들 술이나 마시면서 살아가세! 어떤가? 내 말이 훨씬 멋지지?"

그러자 사람들이 모두 배를 잡고 웃어댔다.

진양도 함께 웃다가 입을 열었다.

"제가 불초해서 그분의 뜻을 당장 전하기가 힘들군요. 하지만 시간이 오래 걸리더라도 반드시 여러분께 그분의 뜻과 깨달음을 전할 생각입니다. 그리고 방금 말씀드린 부분에 대해서는… '그냥'이 중요한 겁니다. 모든 것을 내려두라는 의미로 받아들이시면 조금 더 쉬울까요? 하지만 그것만으로는 역시 표현하기가 힘들군요."

전학수가 포권하며 말했다.

"장 진인은 백 세가 훌쩍 넘으신 신선 같은 분이 아닙니까? 그 오랜 세월 동안 깊은 생각 속에서 탄생한 깨달음을 어찌 한마디 말로 전할 수가 있겠습니까? 질문한 저희가 어리석었습니다. 관주님은 괘념치 마십시오."

"이해해 주시니 감사합니다."

진양은 부드럽게 웃으며 답했다.

하지만 그는 내심 자신이 얻은 깨달음을 언젠간 많은 사람들에게 전하겠노라고 다짐했다.

진양은 유설을 돌아보며 물었다.

"낭자, 그럼 그날 있었던 일을 이야기해 주시겠소?"

"네, 말씀드릴게요."

그러더니 그녀는 사람들을 돌아보며 말했다.

"여기 계신 다른 분들도 함께 아시는 것이 좋을 것 같아서
제가 오늘 낮에 관주님께 자리를 만들어달라고 부탁했답니
다. 저는 여러 달 전에 관주님과 함께 십지독녀의 행방을 찾
아 학립관을 떠났습니다. 이 사실은 모든 분이 알고 계실 겁
니다. 우리는 여러 영웅의 도움을 받아 북평까지 무사히 도착
할 수 있었죠. 그리고 관주님께서 사라진 그날 밤의 일입니
다."

유설은 피곤한 몸을 누이자마자 곧 깊은 잠에 빠져들었다.

하지만 그녀는 금방 잠에서 깨어났다.

문득 방 안에서 인기척이 느껴진 탓이었다.

'언제부터 있었지?'

얼마나 깊이 잠이 들었던 것인지는 모르지만, 아주 잠깐 자
신이 잠든 사이에 누군가 방 안에 들어온 것이 틀림없었다.

이렇듯 은밀하게 접근한 사람이라면 적어도 반가운 손님
이 아니라는 뜻일 터.

유설은 잠자는 척하며 몸을 뒤척였다. 그리고 팔을 뻗어 침상 곁에 놓아둔 검을 잡으려는데,

"내가 치워뒀소."

언젠가 들은 적이 있는 듯한 목소리가 방 안에서 들렸다.

결국 유설은 단념하고는 몸을 일으켰다.

발걸음 소리가 들리더니 이내 한 인영이 창가에 모습을 드러냈다.

그의 곁에는 두 사람이 더 있었는데, 스며드는 달빛이 희미해서 당장 알아보기가 힘들었다.

하지만 조금 전 말을 꺼낸 사람만큼은 누군지 똑똑히 알 수 있었다.

유설이 차가운 목소리로 말했다.

"제 앞에 나타나시다니 배짱이 좋군요. 천상련에서 당신을 찾으려고 혈안이 되어 있다는 것을 모르나요?"

그는 바로 곽연이었다.

곽연이 창틀에 걸터앉으며 피식 웃었다.

예전에는 볼 수 없었던 오만한 여유였다.

"왜 모르겠소? 하지만 천상련 따위, 어떻게 나오든 내가 신경 쓸 바가 아니오."

유설은 눈썹을 슬쩍 찌푸렸다.

괜한 허세를 부리는 것은 아닌 듯했다.

그에게서 풍겨지는 묘한 기운이 예전과는 사뭇 달랐다. 아마도 그사이에 천상무운신공을 익힌 것이리라. 물론 몇 개월만에 신공을 대성하진 못했을 것이다.

하지만 눈에 띄는 변화는 분명히 있었다.

뿐만 아니라 그와 함께 온 두 사람의 무공도 상당히 고강한 듯했다.

"상당한 자신감이군요. 천상련을 상대로 그런 말을 할 수 있는 사람은 아마 몇 되지 않을 거예요."

"하하하! 천상련이 그리 대단한 것이오? 머지않아 천상련은 내 발아래 무릎 꿇을 날이 올 것이외다."

그때 중년 여인의 목소리가 불쑥 튀어나왔다.

"그만 노닥거리고 어서 가는 것이 어때? 시간을 끌어서 좋을 것은 없어."

여인이 곽연에게 다가가자 달빛이 그녀의 얼굴을 비쳤다.

유설은 이제 그녀를 확실히 알아볼 수 있었다.

"곽연 당신, 천의교에 투신했군요."

여인은 천상련에서 보았던 그 중년의 여인이었던 것이다.

"투신? 말은 제대로 하는 것이 좋겠소. 투신이 아니라 내 힘을 천의교에 빌려주기로 했소."

유설은 그의 말을 들으면서 이리저리 생각을 굴렸다.

상대가 천의교의 위교사왕이라면 자신이 상대하기는 힘

들다.

어쨌든 기습을 가한 뒤에 여길 빠져나가야 할 것이다.

유설이 곽연을 보며 물었다.

"그래서 절 찾아온 이유는?"

"나와 함께 갑시다. 나는 그대를 데리러 왔소."

"저는 당신에게 아무런 감정이 없답니다."

유설의 말에 곽연이 눈썹을 꿈틀거리더니 이내 비웃음을 지었다.

"그럼? 그 애송이를 사랑하오?"

"누굴 말하는 건진 모르겠지만, 제가 흠모하는 사람은 당신보다 훨씬 훌륭하죠."

곽연이 더는 참지 못하겠는지 자리에서 불쑥 일어났다.

그 순간 유설이 재빨리 베개를 집어 던졌다.

찰나 땅딸막한 그림자 하나가 툭 튀어나오면서 날아드는 베개를 향해 일장을 내질렀다. 순간 '펑!' 소리가 나면서 베개가 산산조각났다.

달빛에 비친 그의 얼굴 역시 천상련에서 본 적이 있는 머리가 새하얀 노인이었다. 그는 여전히 얼굴 가득 미소를 머금고 있었다.

유설이 잽싸게 방문을 향해 달려가는데, 등 뒤에서 날카롭게 바람 가르는 소리가 났다.

쒜엑! 쒜에엑!

유설이 얼른 허리를 숙이자 비도 두 자루가 그녀의 어깨를 아슬아슬하게 스치며 날아가 방문 깊이 박혔다.

탁탁!

곽연이 벌떡 일어나며 소리쳤다.

"조심하시오! 하마터면 그녀를 죽일 뻔했잖소!"

하지만 중년 여인은 곽연의 말을 듣고 어깨를 으쓱해 보일 뿐이었다.

그 순간 유설이 비도 두 자루를 뽑아낸 다음 곧바로 곽연을 향해 던졌다.

"홍! 이딴 것!"

곽연이 순간 검을 휘두르더니 비도 두 자루를 모두 튕겨냈다.

튕겨 날아간 한 자루는 창문을 깨부수며 어둠 속으로 사라졌고, 나머지 한 자루는 탁자를 뚫으며 바닥에 박혔다.

유설이 몸을 돌려 달아나려는데, 곽연이 날듯이 다가와 검으로 그녀의 앞길을 막았다.

"소용없소! 나랑 갑시다!"

"싫어요!"

"왜 이리 말을 듣지 않는 것이오?"

그때 갑자기 방문이 벌컥 열리며 두 사람이 들어섰다.

"밤중에 왜 이리 시끄러운 게야?"

신경질을 부리며 들어선 자는 바로 사상이괴 중 서요평이었다.

유설이 소리쳤다.

"조심하세요!"

그 순간 어둠 속에서 다시 비도 세 자루가 번개처럼 날아갔다.

쒜엑! 쒜엑! 쒜에엑!

"어이쿠!"

서요평이 비명을 지르며 얼른 바닥을 굴렀다. 서요평을 아슬아슬하게 스쳐 날아간 비도는 그 뒤를 따라 들어오던 서운지에게 향했다.

그 순간 서운지의 몸이 팽이처럼 핑그르르 돌더니 날아드는 비도 두 자루를 쳐내고 마지막 한 자루는 손으로 낚아챘다.

"흘흘! 비도옥왕(飛刀玉王)의 비도를 낚아채다니 제법이군!"

하얀 머리의 노인이 웃음을 흘리며 구름을 밟듯이 날아갔다.

서요평이 이를 보고 번쩍 솟구쳐 그를 막았다.

"어딜!"

서요평이 얼른 검을 내리긋자, 노인이 몸을 비스듬히 기울여 피해냈다.

서운지가 얼른 서요평을 돕기 위해 달려가려는데, 다시 비도 두 자루가 날아들었다.

어쩔 수 없이 그는 비도를 피하며 여인을 향해 검을 휘두를 수밖에 없었다.

사실 사상이괴가 실력이 늘었다곤 하지만, 이들은 함께 있을 때 비로소 제 실력을 발휘할 수 있다.

하지만 이 사실을 미리 알고 있던 노인과 여인이 각자 합공을 하지 못하도록 유도한 것이다.

이리저리 피하기만 하던 노인이 어느 순간 서운지의 복부를 노리고 용수철처럼 튕기며 일장을 내질렀다.

순간 서운지가 재빨리 옆으로 피했다.

한데 그때 마침 점소이 한 명이 방 안으로 들어왔다.

"손님, 죄송하지만 너무 시끄러워서 다른 손님들이……."

퍼억!

원래 서운지의 복부에 꽂혀야 할 일장이 애꿎은 점소이의 복부에 내다 꽂혔다.

점소이는 그대로 배시시 웃음을 머금은 채 뒤로 '쿵!' 소리를 내며 넘어갔다.

배가 깊숙하게 함몰되었는데 죽은 자는 바보처럼 미소를

짓고 있으니, 어쩐지 섬뜩하게 보였다.

"잔인하군!"

서운지가 얼른 검을 찔러오며 말했다.

노인이 껄껄 웃었다.

"자네가 대신 맞았으면 좋았을 것 아닌가?"

"그보다 당신이 내 검에 죽게 된다면 더 좋지 않겠소?"

"허허허, 재미있는 친구구면."

"고맙소."

노인과 서운지는 어쩐지 비슷한 느낌을 풍겼다.

하지만 서요평이 함께하지 않는 이상 무공은 서운지가 훨씬 밀릴 수밖에 없었다.

서요평 역시 마찬가지였다.

쉴 새 없이 날아드는 비도를 피하느라 제대로 된 공격 한번 할 수가 없었다.

그러던 차에 창가에서 비명이 터져 나왔다.

"꺄악!"

모두가 고개를 돌리고 보니 곽연이 유설의 혈도를 짚고 창 밖으로 몸을 날리고 있었다. 그가 곧 그녀의 아혈까지 점했는지 더 이상 비명 소리는 들리지 않았다.

노인과 여인이 서로 마주 보며 고개를 끄덕였다. 그러더니 여인이 품에서 다시 비도 두 자루를 꺼내 날렸다. 서운지는 얼른 몸을 굴려 피했고, 서요평은 쓰러진 점소이의 시체를 방패로 삼아 막아냈다.

그러는 사이 노인과 여인이 몸을 돌려 달아나기 시작했다.

"거기 서라! 이 옘병할 놈들아!"

서요평이 고래고래 소리 지르며 뒤를 따랐다.

"니미럴! 도대체 양가 녀석은 뭘 하고 있는 게야?"

그의 투정이 밤하늘로 치솟았다.

"그런데 어떻게 빠져나왔소?"

이야기를 듣던 진양이 얼른 말을 가로채며 물었다.

유설이 마침 앞에 있던 두 사람을 가리켰다. 가신풍과 조위강이었다.

"이 두 분이 구해주셨어요."

"아니, 어떻게 두 분을 운 좋게 만났단 말이오?"

"알고 보니 이 두 분은 석가장에서 돌아가지 않고 줄곧 우리를 따라왔다고 하더군요."

진양이 깜짝 놀라서 가신풍과 조위강을 바라보았다.

"그게 정말입니까?"

가신풍이 빙그레 웃으며 말했다.

"예, 관주님. 저희는 관주님을 뵙고 나서 더욱 관주님을 흠모하게 됐습니다. 몇 마디 말을 나누지는 못했지만, 저는 사람의 눈만 봐도 그 사람의 됨됨이를 알 수 있지요. 하하하! 그래서 관주님께서 모두 돌아가라고 하셨을 때 저는 도저히 발길이 떨어지지 않아 남몰래 관주님의 뒤를 따르고 있었던 거지요. 혹시 기분 나쁘셨다면 죄송합니다."

"아닙니다. 오히려 감사할 일이지요. 제가 그처럼 모질게 대했는데도……."

진양은 유설을 돌아보고 물었다.

"그런데 낭자께서는 곽연에게 어찌 잡혔던 것이오?"

"곽연은 천상무운신공을 익힌 게 확실해요. 그가 갑자기 그처럼 강해질 수는 없을 테니까요. 제가 상대하기가 힘들 정도로 강했어요. 물론 제게는 무기가 아무것도 없었으니 어쩌면 당연한 결과인지도 모르죠."

"하긴… 사상이협 선배님들도 무공이 강해졌다고는 하나, 위교사왕에 비하면 역시 조금은 모자랄 것이오."

그러자 서요평이 발끈해서 소리쳤다.

"무슨 개가 잠자다가 콧구멍 파는 소리냐? 우리가 모자라다니? 우리는 그놈들을 모두 잡아 죽일 수 있었다! 단지 네놈이 안 보여서 신경이 쓰여서 그랬던 것이야!"

"하하, 알겠습니다. 어쨌거나 일이 잘 풀려서 다행이지 않습니까?"

"흥! 알긴 뭘 아느냐? 분명히 인정하지 않으면서 어물쩍 넘어가려는 것이겠지!"

진양은 서요평을 더 상대하지 않고 유설에게 물었다.

"그래서 그 뒤로 어찌 됐소?"

"저는 곽연에게 마혈과 아혈을 짚여 아무런 저항도 할 수
없었어요. 곽연은 곧장 저를 안아 든 채로 어디론가 빠르게
달렸죠. 그런데 그때 갑자기 어디선가 화살 한 대가 빠르게
날아오지 않겠어요? 화살이 지붕을 타고 달리던 곽연의 발치
에 날아와 박히면서 기왓장이 사방으로 튀었죠."

곽연은 느닷없는 공격에 깜짝 놀라 뒤로 물러났다.

"누구냐?"

그가 사방을 둘러보며 매섭게 소리쳤다.

그때 건물 아래에서 백염을 길게 기른 노인 한 명이 선장을
들고 훌쩍 날아오르는 것이 아닌가?

분명히 화살은 지붕 위에 박혔는데, 사람이 지붕 아래에서
올라오니 이상한 노릇이었다.

그가 선장을 '붕붕!' 소리 나게 휘두르며 말했다.

"그분을 내려놓으시게."

"누구요?"

"악선일세."

곽연은 잠시 상대가 누군지 생각하는 듯하다가 곧 입을 열

었다.

"혹시 백염악선 선배입니까?"

"그렇다네."

"한데 어째서 저 같은 놈을 찾아오셨는지?"

"천상련이 자네를 찾는다는 것은 강호의 사파인이 모두 자네를 찾는다는 말과 동일하지."

"후후! 선배께서도 풍 련주의 졸개 노릇을 하고 있는 줄은 몰랐습니다."

"흥! 닥쳐라! 풍 련주님께 받은 은혜를 생각한다면 그보다 더한 것도 할 수 있다. 하지만 오늘은 그 때문이 아닐세. 자네는 우연히 걸려든 것이지."

"그럼 이 여자 때문이오?"

"길게 말할 것 없네. 그분을 내려놓겠나, 말겠나?"

"고분고분 들을 것 같았으면 애초에 이러지도 않았겠지!"

곽연이 말을 끝내자마자 돌연 유설을 조위강에게 집어 던졌다.

깜짝 놀란 조위강이 얼른 몸을 날려 유설을 받아냈다. 그 찰나, 곽연이 빠른 속도로 날아와 일검을 내질렀다.

조위강이 유설을 보호하기 위해 얼른 몸을 뒤채자, 곽연의 검이 그의 옆구리를 베고 지나갔다.

피츄웃!

피가 튀어 오르고, 조위강은 비틀거리며 걸음을 내디뎠다. 품에 안겨 있던 유설이 깜짝 놀란 눈동자로 조위강을 바라보았다.

"쳇!"

곽연은 회심의 일격이 가벼운 부상만 입히자, 혀를 차며 재차 공격에 들어갔다. 그가 재빨리 삼검을 내찌르자 조위강이 얼른 물러나며 선장을 휘둘렀다.

땅! 따당!

마찰음이 연이어 터지면서 조위강이 뒤로 주룩 물러났다. 그는 곽연의 무공이 생각보다 뛰어나다는 사실에 적잖게 놀랐다.

곽연은 이미 승세가 자신에게 있음을 알고 조소를 지었다.

"지금이라도 얌전히 물러난다면 선배를 대하는 예우로 더 곤란하게 하지 않겠소."

"흥! 쓸데없는 말을……!"

"할 수 없지!"

곽연이 다시 빛살처럼 쏘아져 나갔다.

그 순간,

쒜에엑!

어둠을 가르며 화살 한 대가 빠르게 날아들었다.

콰창!

화살은 기왓장을 박살 내며 지붕에 박혔다.

이번에도 곽연의 발치였다.

곽연이 깜짝 놀라서 사방을 둘러보며 소리쳤다.

"누구냐?"

그러자 조위강이 껄껄 웃었다.

"말하지 않았더냐? 천상련이 너를 쫓는다는 것은 중원의 모든 사파인이 너를 쫓는 것과 같다고 말이다."

그 말에 곽연이 흠칫 떨며 주위를 둘러보았다.

하지만 눈에 보이는 것은 아무것도 없었다.

'설마 천상련이 온 것인가?'

그때 다시 북동쪽에서 화살 한 대가 날아들었다.

쒜에엑!

콰창!

곽연이 깜짝 놀라서 뒤로 서너 걸음 물러났다.

그가 얼른 고개를 돌리고 북동쪽을 바라보았지만 역시 아무것도 보이지 않았다.

그 순간 다시,

쒜에엑!

이번에는 곽연의 심장을 노리고 화살이 날아들었다.

곽연이 얼른 검을 휘둘러 날아드는 화살을 쳐냈다.

따앙!

화살은 북서쪽에서 날아들었다.

이처럼 연이어 화살이 날아드는 것을 보면 분명 한 사람이 아니리라.

곽연은 자신이 포위됐을 것이라 짐작했다.

'시간을 끌어서 좋을 것이 없겠어!'

속셈을 끝낸 곽연이 얼른 몸을 날려 조위강에게 쇄도했다. 조위강을 공격하는 척하면서 유설을 다시 데려와 달아나려는 속셈이었다.

그런데 갑자기 유설이 조위강의 선장을 가로채더니 곽연을 향해 마주 쳐오는 것이 아닌가?

조금 전 화살 때문에 정신이 팔려 있을 때 이미 조위강이 그녀의 혈도를 풀어버린 것이다.

유설이 펼치는 것은 바로 북명패검이었다.

하지만 들고 있는 무기가 선장이라 온전한 무공을 제대로 펼칠 수는 없었다.

그러나 북명패검 그 자체만으로도 절세의 신공이었기 때문에 곽연은 섣불리 막아내기가 힘들었다.

그러는 사이 위교사왕 두 명이 도착했다. 그들은 사상이괴를 따돌리기 위해 다른 길을 돌아오느라 이제야 도착한 것이다.

그중 비도옥왕이라고 불렸던 중년 여인이 날카롭게 소리

처 물었다.

"여기서 뭘 하는 것이오?"

"아무래도 천상련이 나타난 것 같소."

"뭐라고?"

비도옥왕이 눈썹을 성큼 추켜올렸다.

하필 천상련과 지금 부딪쳐서 좋을 것은 하등 없었다.

그 순간 다시 어둠 속에서 화살 한 대가 날아들었다.

쒜에엑!

화살은 서 있는 세 명의 중심으로 날아들었는데, 곽연과 비도옥왕, 그리고 노인이 동시에 튕기듯 물러섰다.

콰창!

기왓장이 산산조각나며 사방으로 튀었다.

난데없이 화살부터 날아들자 위교사왕 두 명은 곽연의 말을 철석같이 믿어버렸다.

"아무래도 안 되겠소! 우선은 여기서 벗어납시다!"

"그건 안 됩니다!"

"어쩔 수 없지 않소?"

"제길!"

곽연이 검을 쿡 말아 쥐며 욕지기를 흘렸다.

그러는 사이 사상이괴마저 도착했다.

"흥! 여기저기 돌아다니더니 겨우 여길 왔군!"

서요평이 다짜고짜 검을 휘두르며 곽연에게 달려들었다. 비도옥왕이 얼른 비도를 던지자 유설이 선장을 던져 막아냈다.

그때 서운지마저 곽연에게 달려드니, 제아무리 상승 무공을 익힌 곽연이라도 둘을 동시에 상대하기가 힘들었다.

상황이 좋지 않게 돌아가자 위교사왕이 먼저 몸을 빼내며 소리쳤다.

"우리는 이만 돌아가야겠소!"

"나를 도와주기로 하지 않았소?"

"하지만 천상련이 개입했다면 이야기가 다르지!"

비도옥왕의 앙칼진 대답에 곽연은 어금니를 쿡 씹었다. 그는 사상이괴를 적당히 상대하다가 별수없이 몸을 돌렸다.

"어딜 도망가느냐!"

서요평이 약이 바짝 올라 그 뒤를 쫓으려 했지만, 서운지의 진양부터 찾아봐야 한다는 말에 결국 걸음을 멈췄다.

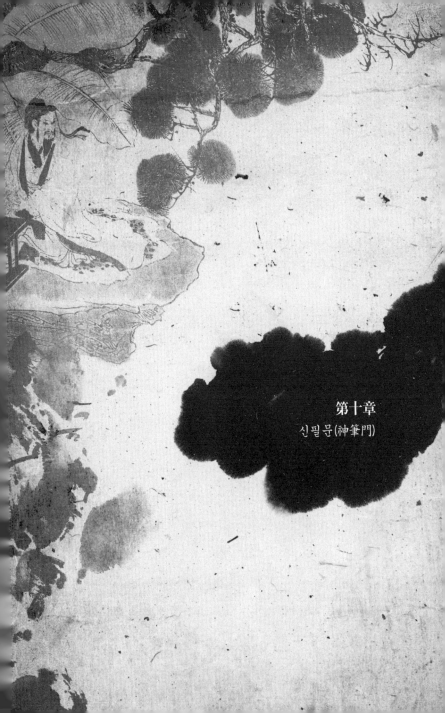

第十章
신필문(神筆門)

"그럼 정말 천상련이 왔던 거요?"

유설의 말을 듣던 진양이 눈을 동그랗게 뜨고 물었다.

유설이 고개를 저었다.

"아니었어요."

"그럼 어떻게?"

"가 대협께서 뛰어난 경신법을 이용해 여러 곳에서 활을 쏜 거였어요."

그제야 진양은 사정이 어찌 된 것인지 알고 가신풍을 돌아보았다. 그가 진심으로 감탄을 금치 못해 포권하며 말했다.

"가 대협의 경신법이 그처럼 경이로울 줄 몰랐습니다."

"하하하! 아닙니다."

가신풍의 주무기는 활이었는데, 그보다는 누구보다 빠른 경신법이 그를 유명하게 해주었다.

그날 가신풍은 북동쪽에서 활을 손 후 곧바로 북서쪽까지 달려가서 다시 활을 쏘고, 그런 뒤 또다시 자리를 옮긴 뒤에 쏘기를 반복했던 것이다.

해서 비록 화살이 한 대씩만 날아갔지만, 그 시간차가 워낙 좁아서 곽연은 정말 천상련에게 포위당했다고 착각한 것이다.

만약 가신풍이 그런 기지를 발휘하지 않았더라면 그날 싸움은 어떤 결과가 됐을지 알 수 없었다.

"한데 가 대협과 조 대협께서는 풍 련주님께 어떤 은혜를 받으셨기에 이처럼 그분을 위하시는 건지요?"

그러자 조위강이 먼저 입을 열었다.

"우리 사파의 무리 대부분은 풍 련주님으로부터 도움을 받았습니다. 대부분 정파의 무인들에게 쫓길 때 그분이 나서서 도와주신 것이지요. 해서 우리는 풍 련주님을 흠모하고 있습니다. 그런 분이 양 관주님을 극찬하시니, 모두가 양 관주님을 한 번쯤 뵙고 싶었던 것이지요. 그리고 양 관주님을 돕기로 한 것은 풍 련주님과 아무런 상관이 없습니다. 오로지 저

스스로 관주님을 뵙고 정한 것입니다."

"저 역시 마찬가지입니다. 양 관주님이 어떤 분이신지 뵙고 싶었을 따름입니다. 양 관주님을 돕겠다고 나타난 대부분의 무인들은 저와 같은 생각일 것입니다. 그리고 실제로 뵙고 나서는 더욱 흠모하는 마음이 생겼을 뿐입니다."

가신풍의 말에 진양이 고개를 갸웃거렸다.

"저는 그 당시 아무것도 하지 않았잖습니까?"

그러자 조위강이 나서서 대답했다.

"그게 어려운 것이지요. 누구나 세간의 주목을 받고 영웅으로 대접받게 되면 우쭐해지게 마련 아니겠습니까? 스스로의 능력을 과신하면서 오만해지기 쉽지요. 하나 양 관주님은 저희를 정중히 물리치시면서 어떤 행동도 보이지 않으셨습니다. 오히려 저희의 관심을 어렵게 느끼셨지요. 바로 그 부분에 저희는 양 관주님에게 감탄한 것입니다."

"그랬군요. 어쨌거나 감사드립니다. 덕분에 큰 도움을 받았습니다."

진양의 말에 두 사람은 그저 빙그레 미소만 지을 뿐이었다.

진양은 잠시 곰곰이 생각하다가 입을 열었다.

"참 이상한 일이지. 그때 나는 십지독녀를 쫓고 있었소. 도대체 어떻게 곽연과 십지독녀가 동시에 나타났을까? 정말 우연이라고 해도 너무 기가 막히는군."

그러자 유설이 고개를 저으며 말했다.

"그건 우연이 아니었어요."

"우연이 아니라면… 계획된 것이란 말이오?"

"네. 우리는 그날 당신이 사라지고 나서 당신을 찾기 위해 북평에 남아 여러 가지 상황을 조사했어요. 그리고 몇 가지 사실을 알게 됐죠."

"그게 무엇이오?"

"십지독녀는 북평에 도착하자마자 천의교에 투신했어요."

"천의교가 북평에 있었단 말이오?"

"네. 북평에서 무인들을 모집하고 있더군요."

"자세히 말해보시오. 북평에서 왜 무인들을 모집한다는 거요? 도대체 어디에서 모집한다는 거요?"

"연왕이 모집하고 있었어요."

"아니, 연왕이 무인들을 왜?"

"모르겠어요. 확실한 것은 우리가 알아본 결과 천의교와 연왕은 밀접한 관계가 있었어요. 여러 번 북정을 나갔을 때도 천의교가 큰 활약을 했다고 하더군요. 천의교의 넉넉한 자금은 바로 왕부에서 대주는 것이었어요."

"흐음, 그런 일이 있었군."

"북평부에서 무인을 모집한 뒤 이들을 천의교에 투신시키는 것 같더군요. 그게 아니면 정병으로 훈련을 시키기도 하구요. 물론 이 경우에는 실력이 변변찮은 자들이겠지만요."

"그럼 십지독녀가 연왕을 만났단 거요?"

"네, 개방이 아닌 하오문을 통해서 알아낸 사실이라 신뢰도가 높진 않지만, 자의적인 판단에 그럴 가능성이 크다고 생각해요."

"하긴… 그럼 곽연과 십지독녀는 우리가 북평에 도착했을 때쯤 한통속이었겠군."

"그럴 가능성이 크죠."

진양은 대략의 사정을 짐작할 수 있었다.

그때쯤 진양이 십지독녀를 뒤쫓는다는 사실은 거의 모든 사파인이 알고 있었다.

그러니 십지독녀도 어느 정도 눈치채고 있었을 터다.

십지독녀는 진양을 죽이고 싶었을 것이고, 곽연은 유설을 납치하고 싶었을 것이다.

이들은 천의교에 투신하는 대신 이 일을 성사시킬 수 있도록 도움을 달라 했을 것이고, 그대로 계획이 진행됐다.

대략의 사정을 파악하고 나자 진양은 가만히 고개를 끄덕였다.

그때 유설이 조심스레 물었다.

"십지독녀는 어찌 됐나요?"

"나도 모르겠소. 아마 그분은 돌아가셨을 가능성이 크오."

"그렇군요."

"그보다 어째서 연왕이 무인을 모으는지가 궁금하구려."

진양은 장삼봉에게 들은 말도 있어서 내심 근심이 되지 않을 수가 없었다.

어쩐지 연왕의 행동들이 훗날 황태손을 위협하는 근원이 될 것만 같았다.

유설이 말했다.

"그렇잖아도 그 부분에 대해서 천상련의 풍 련주님께 말씀드렸어요. 그리고 풍 련주님은 정사를 막론하고 강호 고수들을 초대해서 그 사실에 대해서 논의하셨죠. 아무래도 천의교의 세력이 너무 커지면 강호에 위협이 될 수 있을 테니까요."

"그렇다면 다행이구려."

유설이 다시 진양의 눈치를 보며 물었다.

"그럼… 소 낭자의 해독약은 못 찾으셨나요?"

"아!"

진양은 그제야 잊은 것이 생각난 듯 말했다.

"해독약은 찾아왔소. 장 진인께서 만들어주신 것이오."

"정말 다행이군요."

유설의 표정이 환하게 밝아졌다.

하지만 진양이 씁쓸한 표정으로 대꾸했다.

"하나 그녀가 사부의 죽음을 듣게 된다면 어찌 생각할지……."

"그건 당신 탓이 아니에요. 그러니 너무 염려하지 마세요."

진양은 길게 한숨만 내쉴 뿐이었다.

다음날 진양은 직접 소담화를 찾아가서 약을 달여주었다. 그리고 십지독녀가 죽었을 가능성에 대해서 솔직하게 이야기했다.

소담화는 그래도 오랫동안 은혜를 받은 사부인지라 그날 종일 눈물을 멈추지 못했다. 약도 먹지 않겠다는 것을 유설이 시종 어르고 달래고 나서야 먹을 수 있었다.

시간이 지나면서 소담화는 점점 몸이 좋아지더니, 한 달여가 지났을 때는 모든 독기가 완전히 해소되고 정상적인 활동이 가능해졌다.

그때쯤 세간에는 진양이 학림관으로 돌아왔다는 소문이 파다하게 퍼져 나갔다.

이미 사파의 무인 사이에서는 영웅으로 자리매김한 진양이었다. 사람들은 그를 철혈문의 대제자인 지승악의 목숨을 금의위로부터 지켜주었고, 혈사채의 멸문을 막아주었으며, 천상련을 위기에서 구한 일대 영웅이라고 칭송했다.

그러다 보니 너도나도 진양을 만나겠다며 대별산을 찾아왔다. 그중 상당수는 전학수 등과 같이 진양의 수하가 되기를 자청하는 자들이었다.

사정이 이렇게 되다 보니 학립관의 무인들은 진양에게 새로운 문파를 세울 것을 건의했다.

진양 역시 진심을 다해 찾아오는 자들을 계속 돌려보낼 수도 없는 노릇이라 그 안건에 대해 진지하게 고민을 했다.

"문파의 이름은 신필문(神筆門)이 어떻겠습니까?"

조위강의 말에 진양이 손사래를 쳤다.

"제가 어찌 감히 그런 오만한 이름을 지을 수 있겠습니까? 농이 지나치십니다."

"문파의 이름은 반드시 겸손할 필요가 없지 않겠습니까? 문파가 지향하는 바를 내건다고 생각하셔도 좋을 듯합니다."

그 말에 진양은 저도 모르게 고개를 끄덕였다.

"그러고 보니 맞는 말씀입니다. 모든 사람들이 신필을 지향하고 마음을 다한다면 진리를 깨우치기도 쉬워질 테지요."

그러자 무이오악의 사도귀가 탁자를 탁 내려치며 말했다.

"그럼 정한 거군요. 저도 그 이름이 마음에 듭니다. 신필문이라……. 뭔가 있어 보이지 않습니까? 하하하!"

그의 말에 사람들이 저마다 웃음을 터뜨렸다.

전학수도 그의 말에 동의했다.

"저도 좋다고 생각합니다. 뿐만 아니라 사람들이 양 관주님을 가리켜 신필대협(神筆大俠)이라고 부르지 않습니까? 그런 의미에서도 좋군요."

진양은 잠시 생각하다가 곧 고개를 끄덕였다.

"여러분의 뜻이 그러하다면 좋습니다. 앞으로 본 문의 이름을 신필문이라 이름 짓겠습니다. 또한 신필문으로 들어오려는 자들은 누구라도 받아들이겠습니다."

"잘 생각하셨습니다!"

대청에 모인 무인들이 모두 일어서서 박수를 쳤다.

그날 이후 학립관은 신필문이라는 새로운 이름을 가지게 됐다.

하지만 아이들을 가르치는 학립관이 없어진 것은 아니었다.

새로 지은 건물은 신필문이라 이름 지었고, 학립관은 그 옆에 자리한 부속 기관으로 여기고 다스렸다. 학립관의 관주는 단지겸이 맡았고, 신필문의 문주는 당연히 진양이 맡았다.

진양이 새로운 문파를 창건하고 무인들 누구라도 신필문에 투신한다면 받아들이겠노라 선포하니 그날부터 문파를 찾는 무인의 발길이 끊이질 않았다.

얼마 가지 않아 신필문은 무림에서 소림과 무당, 그리고 천상련과 어깨를 견줄 만큼 커다란 문파로 성장했다.

　어느 날 전학수가 아침 일찍 진양이 머무는 묵룡당(墨龍堂)을 찾아왔다. 이때쯤 전학수는 신필문에서 비도술을 가르치는 사범이었다.

　"전 사범님께서 이른 아침부터 어쩐 일이십니까?"

　진양이 시종을 불러 그에게 차를 대접하며 물었다.

　전학수는 담담히 미소를 지으며 말했다.

　"신필문의 기반도 어느 정도 안정이 되었으니 이제 문주님의 사정도 살펴보실 만하지 않습니까?"

　"제 사정이라니요?"

　"혼례를 올리시는 것이 어떤지요?"

　그제야 진양은 무슨 이야기인지 알아듣고 웃음을 지었다.

　"글쎄요. 앞으로 할 일이 많을 텐데 서두를 필요가 있을까요?"

　그러자 전학수가 빙그레 웃으며 말했다.

　"문주님은 너무 이기적이십니다."

　"그게 무슨 말씀인지요?"

　"유 낭자의 입장도 생각하셔야지요."

　"흐음."

　진양은 유설을 생각하니 어쩐지 마음이 짠해졌다.

자신만 바라보고 믿으며 지금까지 묵묵히 따라와 준 여인이 아닌가?

문득 전학수의 말대로 계속 그녀를 기다리게 하는 것도 미안하다는 생각이 들었다.

"전 사범님의 말씀 잘 알겠습니다. 한번 상의를 해보도록 하겠습니다."

"잘 생각하셨습니다, 문주님. 경사는 겹칠수록 좋은 것이지요."

"신경 써주셔서 고맙습니다."

"별말씀을요."

전학수는 그 외에 서예에 관해 모르는 부분을 몇 가지 더 물어보고는 돌아갔다.

신필문의 모든 무인은 사범과 당주, 각주를 막론하고 진양에게 서예를 배우는 것이 의무였던 것이다.

그날 저녁 진양은 유설을 만나 후원을 거닐었다.

진양은 달빛이 살포시 내려앉은 잔디밭을 걸으며 부드럽게 말했다.

"낭자, 그동안 나를 위해 애 많이 쓰셨소."

"갑자기 왜 그러세요?"

유설이 귀엽게 미소 지으며 물었다.

진양은 그녀의 미소를 보자 더욱 확신이 드는 마음으로 입을 열었다.

"누이를 위해 내가 준비한 것이 있소."

진양의 말에 유설은 몸을 흠칫 떨었다.

누이라는 말은 보통 남매이거나 자기 아내를 부드럽게 이를 때 쓰는 말이다.

진양이 뒤로 물러서더니 수호필을 꺼내 쥐고는 휘두르기 시작했다. 수호필이 달빛을 쪼개며 아름다운 곡선을 이어갔다.

유설은 곧 진양이 허공에 글씨를 새긴다는 것을 깨달았다.

청혼을 하는 내용으로 지은 한 편의 시였다.

그 필체의 우아함과 진양의 정교한 보법은 쏟아져 내리는 달빛과 절묘하게 어우러졌다.

유설은 마치 꿈을 꾸는 듯한 기분이었다.

남자의 움직임이 이처럼 우아하고 아름다울 수 있을까?

진양의 지금의 움직임은 서예를 하는 것인지, 춤을 추는 것인지, 무공 수련을 하는 것인지 모호했다. 전부 아닌 것도 같고, 전부 맞는 것도 같았다.

허공에 글씨를 새기는 것이 아니라, 원래 존재했던 허공의 글씨를 찾아내 주는 것만 같았다.

마지막 한 획을 그으며 수호필을 거둔 진양의 턱 끝에서 땀방울이 맺혔다가 떨어졌다. 전신이 땀으로 흠뻑 젖어 있었다.

유설이 여전히 멍하니 서 있으니, 진양은 쑥스러운 듯 웃었다.

"미안하오. 내가 말을 잘한다면 좋으련만……."

유설은 고개를 저었다.

그녀는 한마디라도 불쑥 꺼냈다간 금방 눈물이 굴러 떨어질 것 같아서 차마 말을 못하고 입만 벙긋거렸다.

이윽고 그녀가 첫마디를 내뱉었다.

"감동… 했어요."

"그랬다니… 다행이오."

"이렇게 온몸으로 청혼하는 사람은 당신밖에 없을 거예요. 이처럼 아름답고 화려한 청혼은 지금밖에 없을 거예요."

진양이 미소 지었다.

"누이가 날 사랑하니 그렇겠지."

유설이 고개를 떨어뜨리고 눈물을 흘렸다.

"고마워요."

"미안하오."

두 사람은 서로 끌어안은 채 한참 동안 서 있었다.

두 사람은 조촐하게 혼례를 치르려고 했지만, 발 없는 말이 천 리를 간다고 하던가?

어느새 소문이 퍼져 강호의 유명한 인사들이 모두 신필문으로 모여들었다.

원래 성대한 혼례식은 생각지도 않은 진양이었기에, 장내에 장만된 음식은 별것 없었다. 어쩔 수 없이 급한 대로 국수를 말아주었지만, 누구하나 불평하는 이는 없었다.

그런데 혼례식 도중 화살 한 대가 느닷없이 날아들었다.

진양이 얼른 손을 저어 날아드는 화살을 쳐냈는데, 호체신공을 발휘했음에도 불구하고 왼손이 벌겋게 부어오를 정도로 강맹한 것이었다.

이어서 어디선가 쩌렁쩌렁 목소리가 터져 나왔다.

"결코 너희는 행복하지 못할 것이다!"

사람들이 웅성거리며 주위를 둘러보았지만, 어디에서 나온 목소리인지 알 수가 없었다.

"웬 놈이냐?"

신필문의 무인들이 일제히 흩어지며 찾았지만, 누군지 알아낼 방도가 없었다.

하지만 진양과 유설은 그가 곽연일 것이라고 생각했다. 지금쯤이라면 천상무운신공을 더욱 깊이 익혔으니, 신필문의 무인을 따돌리는 것도 어렵지 않았으리라.

잠깐의 소란이 일고 나서 혼례식은 다시 정상적으로 진행됐다.

많은 사람들의 축복 아래 두 사람은 부부가 됐다.

흐르는 강물처럼 세월은 부지런히 흘러갔다.

오 년 후.

장삼봉의 예언대로 병에 걸린 황제가 붕어했다. 그 뒤를 황태손 주윤문이 잇고, 연호를 건문(建文)이라 칭했다.

그는 어렸을 때 사귀었던 진양을 내내 그리워했다. 거기에 영향을 받아 연호마저도 '글을 세운다(建文)'는 뜻으로 지은 것이다.

진양은 장삼봉에게 들은 말이 있어서 황궁의 소식을 항상 예의 주시하고 있었다.

아나나 다를까, 연왕이 군사를 일으켰다.

간언을 일삼는 신하들을 척결한다는 명목을 내세워 정난(靖難)의 변을 일으킨 것이다.

연왕과 황궁의 전쟁은 사 년이나 이어졌다.

이때 천의교는 연왕의 수족이나 다름없었다.

시간이 지날수록 전쟁의 양상은 연왕의 승세로 기울고 있었는데, 그렇게 되면 강호에는 큰 혼란이 닥칠 것이 분명했다.

만약 연왕이 황제로 즉위하게 되면 천의교는 황궁을 등에 업는 것이 아니겠는가?

진양은 장삼봉의 예언으로 이러한 것들을 일찍이 짐작하

고 있었다. 때문에 무림 각지에 영웅첩을 발송해서 회의를 주관했다.

곧 대별산으로 무림 각지에서 뛰어난 무인들이 모여들었다. 뿐만 아니라 각대 문파의 장문인과 장로들이 찾아왔는데, 명이 건국된 이래 이처럼 큰 모임은 사실상 처음이었다.

진양은 대청에 모인 사람들을 한차례 훑어보았다.

각대 문파의 장문인이나 장로들이 모여 있으니, 대청 내에 풍기는 기운은 가히 심상치 않았다. 주로 정파에서 뿜어져 나오는 기운은 온화하고 여유가 있는 반면, 사파의 무인들이 뿜어내는 기운은 숨이 막힐 듯 팽팽하고 날카로웠다.

진양은 좌중을 한 번 둘러본 후 자리에서 일어나 포권을 취하며 말했다.

"오늘 여러분을 이렇게 모신 것은 모두 아시다시피 천의교에 관해 상의를 드려야 할 것 같아서입니다."

그러자 혜방 선사가 고개를 끄덕이며 부드럽게 일렀다.

"그렇지 않아도 신필대협 양 장문의 명성을 듣고 한 번쯤 뵙고 싶었소."

"감사합니다, 선사님."

그때 혜방 선사 곁에 앉아 있던 무당파의 장문인 대청 진인(大靑眞人) 호연각(胡連珏)이 진양을 보며 물었다. 그는 이

마에 굵은 주름이 세 가닥 잡혀 있었는데, 얼핏 보면 나이가 장삼봉과 비슷하게 보일 정도였다.

"소문에 양 장문께서는 예전에 우리 조사님을 뵈었다는데 그게 사실이오?"

"그렇습니다."

진양이 곧바로 대답하자 호연각이 반색하며 물었다.

"그분은 어떻게 지내고 계셨소?"

"비록 몇 년 전이지만 그때 뵀을 땐 아주 정정하셨습니다. 그분께 많은 깨달음을 얻었습니다. 실로 무당파가 오늘날 어째서 그토록 위명을 떨치는 것인지 다시 한 번 깨달았습니다."

호연각은 진양이 장삼봉을 찬탄하고 무당파의 위신까지 세워주자 기분이 좋아 껄껄 웃었다.

"과찬이오. 허허. 그분이 잘 지내고 계셨다니 다행이구려."

진양은 그들 외에도 화산파의 석군평, 종남파의 봉상탁, 천상련의 풍천익, 혈사채의 곡전풍 등과 짤막한 인사를 나누었다.

그런 뒤 신필문이 입수한 정보에 대해서 이야기를 이어갔다.

연왕과 황궁의 전쟁이 곧 마무리될 것으로 보이며, 연왕이 승전할 가능성이 크다는 것이었다. 그리고 지금 천의교가 그 연왕을 돕고 있다는 것까지 말해주었다.

"만약 연왕이 황제로 즉위하게 되면 천의교는 황궁을 등에 업고 무림을 장악하려고 할지도 모릅니다."

진양의 말에 청성파에서 온 척금송이 인상을 찌푸리며 말했다.

"역사적으로 황궁이 무림의 일에 개입한 적이 없는데 그렇게까지 되겠소?"

그러자 풍천익이 무거운 목소리로 입을 열었다.

"황궁은 전면에 나서지 않았을 뿐, 늘 간접적으로 무림의 일에 개입을 해왔소. 현재 황궁을 지키는 무인들이 익히는 무공이 무엇이오? 바로 무당파에서 전수해 주는 것이 아니오?"

실제로 무당파의 제자 중에는 황궁으로 들어가는 경우가 종종 있었다. 처음에는 황제가 도사들을 초빙한 것이었지만, 나중에는 무당파의 무공 일부가 조금씩 변모해서 아예 황궁의 무예로 자리 잡게 됐다.

풍천익의 말에 사람들의 시선은 자연 호연각을 바라보게 되었고, 호연각은 그저 겸연쩍은 미소를 지을 뿐이었다.

그러자 척금송이 다시 불만스러운 듯 입을 열었다.

"그렇다고 아직 일어나지도 않은 일을 굳이 벌써 걱정할 필요가 있겠소? 황궁이 그리 쉽게 무너질 곳은 아니지 않소? 만약 연왕이 패한다면 천의교는 절로 무너질 것이오. 나는 솔직히 말해서 양 장문이 이렇게 서두르는 것이 오히려 이상하기만 하오."

척금송의 말에 몇몇 사람들이 수긍하는 듯 고개를 끄덕였다.

그들은 비슷한 생각을 하고 있었다.

이런 일을 계기로 신필문이 오히려 무림인들을 수복시킬 계획이 아닌가 하는 것이었다. 더구나 정파인들 사이에서는 더욱 그런 의구심이 들 수밖에 없었다.

진양이 이해하는 듯 부드럽게 웃으며 답했다.

"저도 황궁이 승전한다면 좋겠습니다. 그렇게 되면 천의교는 자연히 설 자리를 잃을 것이고 곧 자멸하겠지요. 하지만 지금 전쟁의 양상을 보면 연왕에게 유리하게 흐르고 있습니다. 현재 황제를 지켜줄 개국공신들은 모두 호람의 옥으로 죽어버리지 않았습니까? 황제를 지켜줄 측근이 없습니다."

진양은 이야기를 하면서 과거에 주윤문과 대화를 나누었던 가시나무 이야기가 다시금 떠올랐다.

이제는 정말로 황제가 가시를 잃은 나뭇가지만 쥐고 휘두르는 꼴이 아닌가?

잠시 상념에 잠겼다가 진양이 곧 말을 이었다.

"그리고 장삼봉 진인을 만나뵀을 때, 그분께서는 황궁에 큰 변고가 생길 것이라 했습니다."

이 한마디에 좌중은 조용해졌다.

이 시절의 장삼봉은 함부로 건드릴 수 없는 성역이나 다름 없었다. 장삼봉은 무인들 사이에서 뿐만 아니라 중원의 모든 백성이 그 이름을 알고 있었다.

그는 살아 있는 신령과 같은 존재였다.

누가 감히 그의 말을 부정할 수 있겠는가?

이렇게 되자 척금송도 어쩔 수 없이 입을 다물고는 팔짱을 꼈다.

"흠!"

그때 호연각이 나서서 물었다.

"그분이 정말 그렇게 말씀하셨소?"

"그렇습니다. 뿐만 아니라 황제의 목숨마저 위험하다고 제게 알려주셨습니다. 지금의 황제는 제게 이 수호필을 하사하셨습니다. 그것을 아시고 장 진인께서 제게 말씀하신 겁니다."

그때 혈사채에서 온 위사령이 불쑥 나서서 소리쳤다.

"그렇다면 이대로 있을 수 없지! 뿌리를 내리기 전에 씨앗을 도려내는 것이 낫지 않겠소이까? 당장에라도 천의교를 칩시다! 우리가 황궁을 도우면 될 것이 아니겠소이까?"

이번에는 봉상탁이 반박했다.

"흥! 전쟁이 애들 싸움인 줄 아느냐? 무인의 능력이 아무리 출중하다 하더라도 쏟아지는 화살과 창검을 전부 피할 수 있는 초인은 아니지! 그들은 병법을 익혔고, 그것은 엄연한 전쟁이다. 섣불리 나섰다가는 불구덩이에 몸 던지는 나방 신세가 될 수도 있는 법이다."

"그럼 도대체 어쩌자는 것이오?"

그러자 석군평이 나서서 말했다.

"지금은 때를 기다려야 하오. 섣불리 황궁을 돕고 나섰다간 연왕이 황제가 된 후에 모두 사로잡혀 처형당할 수 있소. 무인이 아무리 뛰어나다 해도 봉 장로님의 말씀대로 천군만마를 이길 수는 없소."

이에 진양이 고개를 끄덕였다.

"저 역시 같은 생각입니다. 당장 나서는 것은 무모한 일입니다. 대신 우리는 미리 대비책을 세워놓고 때를 기다려야 할 것입니다. 아마도 연왕은 무림까지 장악할 생각은 없을 겁니다. 지금 자신이 황제가 되는 일에 천의교를 이용하는 것이겠지요. 그 대가로 천의교에게 막대한 자금을 지원해 주는 것입니다. 그러니 지금 우리가 천의교를 치면 연왕의 적이 되지만, 연왕이 목적을 이룬 이후에 천의교를 치는 것은 크게 개의치 않을 것입니다."

"그럼 가만히 기다리자는 것입니까?"

위사령의 말에 진양이 고개를 저었다.

"아니오. 우리는 그때의 전쟁을 대비해야지요. 그때 일어
날 무림 전쟁이 진짜 우리의 전쟁입니다."

그때 지금까지 가만히 있던 혜방 선사가 무겁게 입을 열었
다.

"아무래도… 무림맹을 만들어야겠소."

모두의 시선이 혜방 선사에게 돌아갔다.

사실 그들 모두 알고 있었다.

방비책이란 무림맹을 설립하는 것뿐이라는 것을.

하지만 누가 무림맹주가 된단 말인가?

무림맹주의 자리를 두고 서로 눈치를 보며 보이지 않는 싸
움을 해야만 한다. 그 때문에 모두들 입을 다물고 있었던 것
이다.

진양 역시 자신이 먼저 이 이야기를 꺼내면 괜한 오해를 받
을까 봐 말을 아끼고 있었던 것이다.

그런데 그 이야기가 나오자마자 여태껏 술병만 들고 마시
던 노인이 불쑥 말했다.

"그럼 맹주를 추대해야겠군."

그는 바로 개방의 방주인 취룡개(醉龍丐) 추방산(秋尨山)이

었다.

"끄음!"

정도 문파의 무인들 사이에서 불편한 침음이 흘렀다. 정사를 막론하고 무림맹이 만들어진 적이 있던가?

몽골족에 대항할 때 정사를 막론하고 무인들이 힘을 합한 적은 있다.

하지만 이렇게 정식으로 맹을 세운 적은 없었다.

당연 무림맹의 자리는 민감할 수밖에 없는 부분이었다.

그때 풍천익이 시원시원하게 말했다.

"무림맹을 다스리기에는 혜방 선사가 가장 적합하다고 생각하오."

좌중이 일순 술렁였다.

사파의 우두머리라고도 볼 수 있는 풍천익이 자진해서 혜방 선사를 추천할 줄은 생각지도 못한 것이다.

하지만 혜방 선사가 고개를 가로저었다.

"내 생각은 다릅니다. 사실 우리 소림사는 여러 해 전에 정도의 무인들을 초빙한 적이 있었습니다. 당시 연왕이 무인들을 끌어 모은다는 정보를 입수하고 대책을 세우려고 했던 거지요. 하지만 결국 우리 소림은 아무것도 하지 못했고, 오늘날까지 이르렀습니다. 이에 소림은 깊이 자숙하고 있습니다."

진양은 과거에 십지독녀를 쫓아 복양현에 이르렀을 때, 소림사를 찾아가는 많은 무인들을 객점에서 만난 기억이 떠올랐다. 그때 소림사를 찾아가던 태산삼협이 음귀곡주와 소소한 마찰을 일으키지 않았던가?

'그때 소림은 이미 북평에서 일어나는 일을 알고 방비하려고 했구나. 과연 소림이다.'

진양이 내심 찬탄하는 동안 혜방 선사가 말을 이었다.

"어차피 이 일에 가장 적합한 인물은 모두가 알고 있을 겁니다. 이번 회의를 주관하고, 지난번 천상련에서도 정사대전을 막아냈던 신필대협 양 장문이 아니겠습니까? 나는 양 장문이 무림맹을 맡아주길 바랍니다."

그러자 다시 좌중이 술렁였다.

정파인들 사이에서는 그런 혜방 선사의 결단이 못내 마음에 들지 않는 듯했다.

그때 호연각이 쐐기를 박았다.

"나도 찬성이오. 장삼봉 조사께서 인정하신 분이라면 우리 무당은 무조건 믿을 수 있소."

"킬킬. 그럼 우리 개방도 연왕과 관련된 모든 정보를 양 장문께 넘기도록 하지."

마지막으로 추방산마저 거들었다.

이렇게 되자 더 이상 반박하는 사람이 없었다. 정파의 태산

북두가 인정을 했으니 누가 나서서 감히 반박을 하겠는가? 거기에 개방까지 더했으니 다른 자들은 감히 반대할 용기가 없었다.

진양도 애써 사양하지 않았다.

"여러분의 뜻이 그렇다면 제가 책임을 지겠습니다."

그때 척금송이 퉁명스레 말했다.

"하지만 양 장문께서는 맹주가 임시 직책이라는 것을 아셔야 하오."

"물론입니다. 천의교가 강호를 위협하는 일이 없어지면 무림맹은 자연히 사라질 것입니다."

"또한 개인적인 일에 무림맹의 힘을 빌려서는 안 될 것이오."

"명심하겠습니다."

진양은 시종 고분고분 대답했다.

결국 무인들 모두 진양을 무림맹주로 인정하고 나서 그들은 혈서를 썼다.

무림맹의 발동 조건은 연왕이 황제가 되는 순간부터로 정했다. 그리고 천의교가 사라지면 무림맹 역시 효력을 잃는 것으로 약속했다.

그렇게 정파와 사파가 합심한 무림맹이 탄생했다.

그리고 얼마 후,

연왕의 병사들이 남경을 완전히 포위했다는 소식이 들렸다. 진양은 이제 자신이 나서서 황제를 살려야만 한다는 것을 알았다.

"나는 황제를 구하러 가야겠소."

그날 진양은 흑표 등과 함께 곧장 남경으로 향했다.

『신필천하』 6권에 계속…

촌부 新무협 판타지 소설
FANTASTIC ORIENTAL HEROES

천애
협로

『우화등선』,『화공도담』의 뒤를 잇는
작가 촌부의 또 하나의 도가 무협!

무림맹주(武林盟主), 아미파(峨嵋派) 장문인(掌門人),
군문제일검(軍門第一劍), 남궁세가(南宮勢家)의 안주인.

그들을 키워낸 어머니-
진무신모(眞武神母) 유월향(柳月香)!

어느 날, 그녀가 실종되는데……

"하, 할머니는 누구세요?"

무한삼진의 고아, 소량(少雨)에게 찾아온 기이한 인연.

세상과 함께 호흡을 나눌 수 있다면天地同息!
천하의 이치를 모두 얻으리래天下之理得!

이제, 천하제일인과 그녀가 길러낸
마지막 자손의 이야기가 펼쳐진다!

SWORD SLAYER

소드 슬레이어

류연 판타지 장편 소설

FANTASY FRONTIER SPIRIT

그날로 돌아간 그 순간부터 입버릇처럼 붙은 한마디.

"생각해라, 아서 란펠지."

귀족 반란에 휘말린 채 죽어야 했던 기사, 아서 란펠지.
600년 전 마룡 카브라로 인해 봉인당한 세 용사의 영혼.
버려진 이름없는 신전에서 그들이 만났을 때
운명은 또 다른 전설의 서막을 알렸다!

소드 슬레이어

힘없이 죽어간 모든 인연들을 위하여
무력하고 허망했던 어제를 딛고
멈추지 않는 오늘을 달려 내일을 잡아라!

위선에 가득찬 검들을 향해
여섯 번째 마나 소드, 에스카룬의 검이 질주한다!

Book Publishing CHUNGEORAM

유행이 아닌 자유추구 -
WWW.chungeoram.com

D E M O N
홀로선별 판타지 장편.소설 FANTASY FRONTIER SPIRIT

제일좌

B L O O D

성마대전, 그로부터 20년···
암흑은 스러지고 빛이 찾아왔다.
세상은··· 그렇게 평화로워질 것만 같았다.

전설의 블랙 울프를 다루는 영악한 소년 마로.
하루하루 강도 높은 훈련을 받으며
숙연의 500골드를 달성한 그날!
세상은, 신성(新星)을 맞이한다!

『기적』의 뒤를 잇는
홀로선별 작가의 또다른 이야기
『제일좌』

**어둠을 뚫고 솟을 빛이여,
하늘의 제일좌가 되어라!**

Book Publishing CHUNGEORAM

균형이 아닌 자유추구
WWW.chungeoram.com

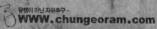